Conrad Ferdinand Meyer

Das Leiden eines Knaben

Conrad Ferdinand Meyer: Das Leiden eines Knaben

Erstdruck in »Schorers Familienblatt: Eine illustrierte Zeitschrift«,
Berlin: 1883. Erstdruck als Buchausgabe: Leipzig (Haessel) 1883.

Neuausgabe mit einer Biographie des Autors
Herausgegeben von Karl-Maria Guth
Berlin 2016

Der Text dieser Ausgabe folgt:
Conrad Ferdinand Meyer: Sämtliche Werke in zwei Bänden.
Vollständiger Text nach den Ausgaben letzter Hand. Mit einem
Nachwort von Erwin Laaths, München: Winkler, 1968.

Die Paginierung obiger Ausgabe wird hier als Marginalie zeilengenau
mitgeführt.

Umschlaggestaltung von Thomas Schultz-Overhage unter Verwendung
des Bildes: Georges Seurat, Das Echo, 1883

Gesetzt aus der Minion Pro, 11 pt

Die Sammlung Hofenberg erscheint im
Verlag der Contumax GmbH & Co. KG, Berlin
Herstellung: BoD – Books on Demand, Norderstedt

Die Ausgaben der Sammlung Hofenberg basieren auf zuverlässigen
Textgrundlagen. Die Seitenkonkordanz zu anerkannten
Studienausgaben machen Hofenbergtexte auch in wissenschaftlichem
Zusammenhang zitierfähig.

ISBN 978-3-8430-8223-5

Bibliografische Information der Deutschen Nationalbibliothek

Die Deutsche Nationalbibliothek verzeichnet diese Publikation in der
Deutschen Nationalbibliografie; detaillierte bibliografische Daten sind
im Internet über www.dnb.de abrufbar.

Der König hatte das Zimmer der Frau von Maintenon betreten und, luftbedürftig und für die Witterung unempfindlich wie er war, ohne weiteres in seiner souveränen Art ein Fenster geöffnet, durch welches die feuchte Herbstluft so fühlbar eindrang, daß die zarte Frau sich fröstelnd in ihre drei oder vier Röcke schmiegte.

Seit einiger Zeit hatte Ludwig der Vierzehnte seine täglichen Besuche bei dem Weibe seines Alters zu verlängern begonnen, und er erschien oft schon zu früher Abendstunde, um zu bleiben, bis seine Spättafel gedeckt war. Wenn er dann nicht mit seinen Ministern arbeitete, neben seiner diskreten Freundin, die sich aufmerksam und schweigend in ihren Fauteuil begrub; wenn das Wetter Jagd oder Spaziergang verbot; wenn die Konzerte, meist oder immer geistliche Musik, sich zu oft wiederholt hatten, dann war guter Rat teuer, welchergestalt der Monarch vier Glockenstunden lang unterhalten oder zerstreut werden konnte. Die dreiste Muse Molières, die Zärtlichkeiten und Ohnmachten der Lavallière, die kühne Haltung und die originellen Witzworte der Montespan und so manches andere hatte seine Zeit gehabt und war nun gründlich vorüber, welk wie eine verblaßte Tapete. Maßvoll und fast genügsam wie er geworden, arbeitsam wie er immer gewesen, war der König auch bei einer die Schranke und das Halbdunkel liebenden Frau angelangt.

Dienstfertig, einschmeichelnd, unentbehrlich, dabei voller Grazie trotz ihrer Jahre, hatte die Enkelin des Agrippa d'Aubigné einen lehrhaften Gouvernantenzug, eine Neigung, die Gewissen mit Autorität zu beraten, der sie in ihrem Saint-Cyr unter den Edelfräulein, die sie dort erzog, behaglich den Lauf ließ, die aber vor dem Gebieter zu einem bescheidenen Sichanschmiegen an seine höhere Weisheit wurde. Dergestalt hatte, wann Ludwig schwieg, auch sie ausgeredet, besonders wenn etwa, wie heute, die junge Enkelfrau des Königs, die Savoyardin, das ergötzlichste Geschöpf von der Welt, das überallhin Leben und Gelächter brachte, mit ihren Kindereien und ihren trippelnden Schmeichelworten aus irgendeinem Grunde wegblieb.

Frau von Maintenon, welche unter diesen Umständen die Schritte des Königs nicht ohne eine leichte Sorge vernommen hatte, beruhigte sich jetzt, da sie dem beschäftigten und unmerklich belustigten Ausdrucke der ihr gründlich bekannten königlichen Züge entnahm: Ludwig selbst habe etwas zu erzählen und zwar etwas Ergötzliches.

Dieser hatte das Fenster geschlossen und sich in einen Lehnstuhl niedergelassen. »Madame«, sagte er, »heute mittag hat mir Père Lachaise seinen Nachfolger, den Père Tellier gebracht.«

Père de Lachaise war der langjährige Beichtiger des Königs, welchen dieser, trotz der Taubheit und völligen Gebrechlichkeit des greisen Jesuiten, nicht fahrenlassen wollte und sozusagen bis zur Fadenscheinigkeit aufbrauchte; denn er hatte sich an ihn gewöhnt, und da er – es ist unglaublich zu sagen – aus unbestimmten, aber doch vorhandenen Befürchtungen seinen Beichtiger in keinem andern Orden glaubte wählen zu dürfen, zog er diese Ruine eines immerhin ehrenwerten Mannes einem jüngern und strebsamen Mitgliede der Gesellschaft Jesu vor. Aber alles hat seine Grenzen. Père Lachaise wankte sichtlich dem Grabe zu und Ludwig wollte denn doch nicht an seinem geistlichen Vater zum Mörder werden.

»Madame«, fuhr der König fort, »mein neuer Beichtiger hat keine Schönheit und Gestalt: eine Art Wolfsgesicht, und dann schielt er. Er ist eine geradezu abstoßende Erscheinung, aber er wird mir als ein gegen sich und andere strenger Mann empfohlen, welchem sich ein Gewissen übergeben läßt. Das ist doch wohl die Hauptsache.«

»Je schlechter die Rinne, desto köstlicher das darin fließende himmlische Wasser«, bemerkte die Marquise erbaulich. Sie liebte die Jesuiten nicht, welche dem Ehebunde der Witwe Scarrons mit der Majestät entgegenarbeiteten und kraft ihrer weiten Moral das Sakrament in diesem königlichen Falle für überflüssig erklärt hatten. So tat sie den frommen Vätern gelegentlich gern etwas zuleide, wenn sie dieselben im stillen krallen konnte. Jetzt schwieg sie und ihre dunklen mandelförmigen, sanft schwermütigen Augen hingen an dem Munde des Gemahls mit einer bescheidenen Aufmerksamkeit.

Der König kreuzte die Füße, und den Demantblitz einer seiner Schuhschnallen betrachtend, sagte er leichthin: »Dieser Fagon! Er wird unerträglich! Was er sich nicht alles herausnimmt!«

Fagon war der hochbetagte Leibarzt des Königs und der Schützling der Marquise. Beide lebten sie täglich in seiner Gesellschaft und hatten sich auf den Fall, daß er vor ihnen stürbe, Asyle gewählt, sie Saint-Cyr, er den botanischen Garten, um sich hier und dort nach dem Tode des Gebieters einzuschließen und zu begraben.

»Fagon ist Euch unendlich anhänglich«, sagte die Marquise.

»Gewiß, doch entschieden, er erlaubt sich zu viel«, versetzte der König mit einem leichten halb komischen Stirnrunzeln.

»Was gab es denn?«

Der König erzählte und hatte bald zu Ende erzählt. Er habe bei der heutigen Audienz seinen neuen Beichtiger gefragt, ob die Tellier mit den Le Tellier, der Familie des Kanzlers, verwandt wären? Doch der demütige Père habe dieses schnell verneint und sich frank als den Sohn eines Bauers in der untern Normandie bekannt. Fagon habe unweit in einer Fensterbrüstung gestanden, das Kinn auf sein Bambusrohr gestützt. Von dort, hinter dem gebückten Rücken des Jesuiten, habe er unter der Stimme, aber vernehmlich genug, hergeflüstert: »Du Nichtswürdiger!« »Ich hob den Finger gegen Fagon«, sagte der König, »und drohte ihm.«

Die Marquise wunderte sich. »Wegen dieser ehrlichen Verneinung hat Fagon den Pater nicht schelten können, er muß einen andern Grund gehabt haben«, sagte sie verständig.

»Immerhin, Madame, war es eine Unschicklichkeit, um nicht mehr zu sagen. Der gute Père Lachaise, taub wie er endlich doch geworden ist, hörte es freilich nicht, aber mein Ohr hat es deutlich vernommen, Silbe um Silbe. ›Niederträchtiger!‹ blies Fagon dem Pater zu, und der Mißhandelte zuckte zusammen.«

Die Marquise schloß lächelnd aus dieser Variante, daß Fagon einen derbern Ausdruck gebraucht habe. Auch in den Mundwinkeln des Königs zuckte es. Er hatte sich von jung an zum Gesetze gemacht, wozu er übrigens schon von Natur neigte und was er dann bis an sein Lebensende hielt, niemals, auch nicht erzählungsweise, ein gemeines oder beschimpfendes, kurz ein unkönigliches Wort in den Mund zu nehmen.

Der hohe Raum war eingedämmert, und wie der Bediente die traulichen zwei Armleuchter auf den Tisch setzte und sich rücklings schreitend verzog, siehe da wurde ein leise eingetretener Lauscher sichtbar, eine wunderliche Erscheinung, eine ehrwürdige Mißgestalt: ein schiefer, verwachsener, seltsam verkrümmter kleiner Greis, die entfleischten Hände unter dem gestreckten Kinn auf ein langes Bambusrohr mit goldenem Knopfe stützend, das feine Haupt vorgeneigt, ein weißes Antlitz mit geisterhaften blauen Augen. Es war Fagon.

»›Du Lump, du Schuft!‹ habe ich kurzweg gesagt, Sire, und nur die Wahrheit gesprochen«, ließ sich jetzt seine schwache, vor Erregung zitternde Stimme vernehmen. Fagon verneigte sich ehrfürchtig vor dem Könige, galant gegen die Marquise. »Habe ich einen Geistlichen in Eurer Gegenwart, Sire, dergestalt behandelt, so bin ich entweder der Niedertracht gegenüber ein aufbrausender Jüngling geblieben, oder ein würdiges Alter berechtigt, die Wahrheit zu sagen. Brachte mich nur das Schauspiel auf, welches der Pater gab, da sich der vierschrötige und hartknochige Tölpel mit seiner Wolfsschnauze vor Euch, Sire, drehte und krümmte und auf Eure leutselige Frage nach seiner Verwandtschaft in dünkelhafter Selbsterniedrigung nicht Worte genug fand, sein Nichts zu beteuern? ›Was denkt die Majestät?‹« – ahmte Fagon den Pater nach – »›Verwandt mit einem so vornehmen Herrn? Keineswegs! Ich bin der Sohn eines gemeinen Mannes! eines Bauern in der untern Normandie! eines ganz gemeinen Mannes! …‹ Schon dieses nichtswürdige Reden von dem eigenen Vater, diese kriechende, heuchlerische, durch und durch unwahre Demut, diese gründliche Falschheit verdiente vollauf schuftig genannt zu werden. Aber die Frau Marquise hat recht: es war noch etwas anderes, etwas ganz Abscheuliches und Teuflisches, was ich gerächt habe, leider nur mit Worten: eine Missetat, ein Verbrechen, welches der unerwartete Anblick dieses tückischen Wolfes mir wieder so gegenwärtig vor das Auge stellte, daß die karge Neige meines Blutes zu kochen begann. Denn, Sire, dieser Bösewicht hat einen edeln Knaben gemordet!«

»Ich bitte dich, Fagon«, sagte der König, »welch ein Märchen!«

»Sagen wir: er hat ihn unter den Boden gebracht«, milderte der Leibarzt höhnisch seine Anklage.

»Welchen Knaben denn?« fragte Ludwig in seiner sachlichen Art, die kurze Wege liebte.

»Es war der junge Boufflers, der Sohn des Marschalls aus seiner ersten Ehe«, antwortete Fagon traurig.

»Julian Boufflers? Dieser starb, wenn mir recht ist«, erinnerte sich der König und sein Gedächtnis täuschte ihn selten, »17.. im Jesuitenkollegium an einer Gehirnentzündung, welche das arme Kind durch Überarbeitung sich mochte zugezogen haben, und da Père Tellier in jenen Jahren dort Studienpräfekt sein konnte, hat er allerdings, sehr figürlich gesprochen«, spottete der König, »den unbegabten, aber im Lernen hartnäckigen Knaben in das Grab gebracht. Der Knabe hat sich eben übernommen, wie mir sein Vater, der Marschall, selbst erzählt hat.« Ludwig zuckte die Achseln. Nichts weiter. Er hatte etwas Interessanteres erwartet.

»Den unbegabten Knaben …« wiederholte der Arzt nachdenklich.

»Ja, Fagon«, versetzte der König, »auffallend unbegabt, und dabei schüchtern und kleinmütig, wie kein Mädchen. Es war an einem Marly-Tage, daß der Marschall, welchem ich für dieses sein ältestes Kind die Anwartschaft auf sein Gouvernement gegeben hatte, mir ihn vorstellte. Ich sah, der schmucke und wohlgebildete Jüngling, über dessen Lippen schon der erste Flaum sproßte, war bewegt und wollte mir herzlich danken, aber er geriet in ein so klägliches Stottern und peinliches Erröten, daß ich, um ihn nur zu beruhigen oder wenigstens in Ruhe zu lassen, mit einem: ›Es ist gut‹ geschwinder, als mir um seines Vaters willen lieb war, mich wendete.«

»Auch mir ist jener Abend erinnerlich«, ergänzte die Marquise. »Die verewigte Mutter des Knaben war meine Freundin, und ich zog diesen nach seiner Niederlage zu mir, wo er sich still und traurig, aber dankbar und liebenswert erwies, ohne, wenigstens äußerlich, die erlittene Demütigung allzu tief zu empfinden. Er ermutigte sich sogar zu sprechen, das Alltägliche, das Gewöhnliche, mit einem herzgewinnenden Ton der Stimme, und – meine Nähe schaffte ihm Neider. Es war ein schlimmer Tag für das Kind, jener Marly. Ein Beiname, wie denn am Hofe alles, was nicht Ludwig heißt, den seinigen tragen muß« (die feinfühlige Marquise wußte, daß ihr gerades Gegenteil, die brave und schreckliche Pfälzerin, die Herzogin-Mutter von Orléans, ihr den allergarstigsten gegeben hatte), »einer jener gefährlichen Beinamen, die ein Leben vergiften können und deren Gebrauch ich meinen Mädchen in Saint-Cyr aufs strengste untersagt habe, wurde für den bescheidenen Knaben gefunden, und da er von Mund zu Munde lief, ohne viel Arg selbst von unschuldigen und blühenden Lippen gewispert, welche sich wohl dem hübschen Jungen nach wenigen Jahren nicht versagt haben würden.«

»Welcher Beiname?« fragte Fagon neugierig.

»›Le bel idiot‹ … und das Zucken eines Paares hochmütiger Brauen verriet mir, wer ihn dem Knaben beschert hat.«

»Lauzun?« riet der König.

»Saint-Simon«, berichtigte die Marquise. »Ist er doch an unserm Hofe das lauschende Ohr, das spähende Auge, das uns alle beobachtet« – der König verfinsterte sich – »und die geübte Hand, die nächtlicherweile hinter verriegelten Türen von uns allen leidenschaftliche Zerrbilder auf das Papier wirft! Dieser edle Herzog, Sire, hat es nicht verschmäht, den unschuldigsten Knaben mit einem seiner grausamen Worte zu zeichnen, weil ich Harmlose, die er verabscheut, an dem Kinde ein flüchtiges Wohlgefallen fand und ein gutes Wort an dasselbe wendete.« So züngelte die sanfte Frau und reizte den König, ohne die Stirn zu falten und den Wohlklang ihrer Stimme zu verlieren.

»Der schöne Stumpfsinnige«, wiederholte Fagon langsam. »Nicht übel. Wenn aber der Herzog, der neben seinen schlimmen auch einige gute Eigenschaften besitzt, den Knaben gekannt hätte, wie ich ihn kennenlernte und er mir unvergeßlich geblieben ist, meiner Treu! der gallichte Saint-Simon hätte Reue gefühlt. Und wäre er wie ich bei dem Ende des Kindes zugegen gewesen, wie es in der Illusion des Fiebers, den Namen seines Königs auf den Lippen, in das feindliche Feuer zu stürzen glaubte, der heimliche Höllenrichter unserer Zeit – wenn die Sage wahr redet, denn niemand hat ihn an seinem Schreibtische gesehen – hätte den Knaben bewundert und ihm eine Träne nachgeweint.«

»Nichts mehr von Saint-Simon, ich bitte dich, Fagon«, sagte der König, die Brauen zusammenziehend. »Mag er verzeichnen, was ihm als die Wahrheit erscheint. Werde ich die Schreibtische belauern? Auch die große Geschichte führt ihren Griffel und wird mich in den Grenzen meiner Zeit und meines Wesens läßlich beurteilen. Nichts mehr von ihm. Aber viel und alles, was du weißt, von dem jungen Boufflers. Er mag ein braver Junge gewesen sein. Setze dich und erzähle!« Er deutete freundlich auf einen Stuhl und lehnte sich in den seinigen zurück.

»Und erzähle hübsch bequem und gelassen, Fagon«, bat die Marquise mit einem Blick auf die schmucken Zeiger ihrer Stockuhr, welche zum Verwundern schnell vorrückten.

»Sire, ich gehorche«, sagte Fagon, »und tue eine untertänige Bitte. Ich habe heute den Père Tellier in Eurer Gegenwart mißhandelnd mir eine Freiheit genommen und weiß, wie ich mich aus Erfahrung kenne, daß ich, einmal auf diesen Weg geraten, an demselben Tage leicht rückfällig werde. Als Frau von Sablière den guten – oder auch nicht guten – Lafontaine, ihren Fabelbaum, wie sie ihn nannte, aus dem schlechten Boden, worein er seine Wurzeln gestreckt hatte, ausgrub und wieder in die gute Gesellschaft verpflanzte, willigte der Fabeldichter ein, noch einmal unter anständigen Menschen zu leben, unter der

Bedingung jedoch, jeden Abend das Minimum von drei Freiheiten –
was er so Freiheiten hieß – sich erlauben zu dürfen. In ähnlicher und
verschiedener Weise bitte ich mir, soll ich meine Geschichte erzählen,
drei Freiheiten aus –«

»Welche ich dir gewähre«, schloß der König.

Drei Köpfe rückten zusammen: der bedeutende des Arztes, das
olympische Lockenhaupt des Königs und das feine Profil seines Weibes
mit der hohen Stirn, den reizenden Linien von Nase und Mund und
dem leicht gezeichneten Doppelkinne.

»In den Tagen, da die Majestät noch den größten ihrer Dichter
besaß«, begann der Leibarzt, »und dieser, während schon der Tod
nach seiner kranken Brust zielte, sich belustigte, denselben auf der
Bühne nachzuäffen, wurde das Meisterstück: ›Der Kranke in der Einbildung‹ auch vor der Majestät hier in Versailles aufgeführt. Ich, der
ich sonst eine würdige mit Homer oder Virgil verlebte Stunde und
den Wellenschlag einer antiken Dichtung unter gestirntem Himmel
den grellen Lampen und den verzerrten Gesichtern der auf die Bühne
gebrachten Gegenwart vorziehe, ich durfte doch nicht wegbleiben, da
wo mein Stand verspottet und vielleicht, wer wußte, ich selbst und
meine Krücke« – er hob sein Bambusrohr, auf welches er auch sitzend
sich zu stützen fortfuhr – »abbildlich zu sehen waren. Es geschah
nicht. Aber hätte Molière mich in einer seiner Possen verewigt,
wahrlich, ich hätte es *dem* nicht verargen können, der sein eigenes
schmerzlichstes Empfinden komisch betrachtet und verkörpert hat.
Diese letzten Stücke Molières, nichts geht darüber! Das ist die souve-
räne Komödie, welche freilich nicht nur das Verkehrte, sondern in
grausamer Lust auch das Menschlichste in ein höhnisches Licht rückt,
daß es zu grinsen beginnt. Zum Beispiel, was ist verzeihlicher, als daß
ein Vater auf sein Kind sich etwas einbilde, etwas eitel auf die Vorzüge,
und etwas blind für die Schwächen seines eigenen Fleisches und Blutes
sei? Lächerlich freilich ist es und fordert den Spott heraus. So lobt
denn auch im Kranken in der Einbildung der alberne Diaforius seinen
noch alberneren Sohn Thomas, einen vollständigen Dummkopf. Doch
die Majestät kennt die Stelle.«

»Mache mir das Vergnügen, Fagon, und rezitiere sie mir«, sagte
der König, welcher, seit Familienverluste und schwere öffentliche
Unfälle sein Leben ernst gemacht, sich der komischen Muse zu enthal-
ten pflegte, dem die Lachmuskeln aber unwillkürlich zuckten in Erin-

nerung des guten Gesellen, den er einst gern um sich gelitten und an dessen Masken er sich ergötzt hatte.

»›Es ist nicht darum‹«, spielte Fagon den Doctor Diaforius, dessen Rolle er seltsamerweise auswendig wußte, »›weil ich der Vater bin, aber ich darf sagen, ich habe Grund, mit diesem meinem Sohne zufrieden zu sein, und alle, die ihn sehen, sprechen von ihm als von einem Jüngling ohne Falsch. Er hat nie eine sehr tätige Einbildungskraft, noch jenes Feuer besessen, welches man an einigen wahrnimmt. Als er klein war, ist er nie, was man so heißt, aufgeweckt und mutwillig gewesen. Man sah ihn immer sanft, friedselig und schweigsam. Er sprach nie ein Wort und beteiligte sich niemals an den sogenannten Knabenspielen. Man hatte schwere Mühe ihn lesen zu lehren, und mit neun Jahren kannte er seine Buchstaben noch nicht. Gut, sprach ich zu mir, die späten Bäume tragen die besten Früchte, es gräbt sich in den Marmor schwerer als in den Sand‹ … und so fort. Dieser langsam geträufelte Spott wurde dann auf der Bühne zum gründlichen Hohn durch das unsäglich einfältige Gesicht des Belobten und zum unwiderstehlichen Gelächter in den Mienen der Zuschauer. Unter diesen fand mein Auge eine blonde Frau von rührender Schönheit und beschäftigte sich mit den langsam wechselnden Ausdrücken dieser einfachen Züge: zuerst demjenigen der Freude über die gerechte Belobung eines schwer, aber fleißig lernenden Kindes, so unvorteilhaft der Jüngling auf der Bühne sich ausnehmen mochte, dann dem andern Ausdrucke einer traurigen Enttäuschung, da die Schauende, ohne jedoch recht zu begreifen, innewurde, daß der Dichter, der es mit seinen schlichten Worten ernst zu meinen schien, eigentlich nur seinen blutigen Spott hatte mit der väterlichen Selbstverblendung. Freilich hatte Molière, der großartige Spötter, alles so naturwahr und sachlich dargestellt, daß mit ihm nicht zu zürnen war. Eine lange und mühsam verhaltene, tief schmerzliche Träne rollte endlich über die zarte Wange des bekümmerten Weibes. Ich wußte nun, daß sie Mutter war und einen unbegabten Sohn hatte. Das ergab sich für mich aus dem Geschauten und Beobachteten mit mathematischer Gewißheit.

Es war die erste Frau des Marschalls Boufflers.«

»Auch wenn du sie nicht genannt hättest, Fagon, ich erkannte aus deiner Schilderung meine süße Blondine«, seufzte die Marquise. »Sie war ein Wunder der Unschuld und Herzenseinfalt, ohne Arg und Falsch, ja ohne den Begriff der List und Lüge.«

Die Freundschaft der zwei Frauen, welche der Marquise einen so rührenden Eindruck hinterließ, war eine wahre und für beide Teile wohltätige gewesen. Frau von Maintenon hatte nämlich in den langen und schweren Jahren ihres Emporkommens, da die still Ehrgeizige mit zähester Schmiegsamkeit und geduldigster Konsequenz, immer heiter, überall dienstfertig, sich einen König und den größten König der Zeit eroberte, mit ihren klugen Augen die arglose Vornehme von den andern ihr mißgünstigen und feindseligen Hofweibern unterschieden und sie mit ein paar herzlichen Worten und zutulichen Gefälligkeiten an sich gefesselt. Die beiden halfen sich aus und deckten sich einander mit ihrer Geburt und ihrem Verstand.

»Die Marschallin hatte Tugend und Haltung«, lobte der König, während er einen in seinem Gedächtnis auftauchenden anmutigen Wuchs, ein liebliches Gesicht und ein aschenblondes Ringelhaar betrachtete.

»Die Marschallin war dumm«, ergänzte Fagon knapp. »Aber wenn ich Krüppel je ein Weib geliebt habe – außer meiner Gönnerin«, er verneigte sich huldigend gegen die Marquise, »und für ein Weib mein Leben hingegeben hätte, so war es diese erste Herzogin Boufflers.

Ich lernte sie dann bald näher kennen, leider als Arzt. Denn ihre Gesundheit war schwankend und alle diese Lieblichkeit verlosch unversehens wie ein ausgeblasenes Licht. Wenige Tage vor ihrem letzten beschied sie mich zu sich und erklärte mir mit den einfachsten Worten von der Welt, sie werde sterben. Sie fühlte ihren Zustand, den meine Wissenschaft nicht erkannt hatte. Sie ergebe sich darein, sagte sie, und habe nur *eine* Sorge: die Zukunft und das Schicksal ihres Knaben. ›Er ist ein gutes Kind, aber völlig unbegabt, wie ich selbst es bin‹, klagte sie mir bekümmert, aber unbefangen. ›Mir ward ein leichtes Leben zuteil, da ich dem Marschall nur zu gehorchen brauchte, welcher nach seiner Art, die nichts aus den Händen gibt, auch wenn ich ein gescheites Weib gewesen wäre, außer dem einfachsten Haushalte mir keine Verantwortung überlassen hätte – du kennst ihn ja, Fagon, er ist peinlich und regiert alles selber. Wenn ich in der Gesellschaft schwieg oder meine Rede auf das Nächste beschränkte, um nichts Unwissendes oder Verfängliches zu sagen, so war ihm das gerade recht, denn eine Witzige oder Glänzende hätte ihn nur beunruhigt. So bin ich gut durchgekommen. Aber mein Kind? Der Julian soll als der Sohn seines Vaters in der Welt eine Figur machen. Wird er das können? Er lernt so unglaublich schwer. An Eifer läßt er es nicht fehlen, wahrlich nicht, denn es ist ein tapferes Kind ... Der Marschall wird sich wieder verheiraten, und irgendeine gescheite Frau wird ihm anstelligere Söhne geben. Nun möchte ich nicht, daß der Julian etwas Außerordentliches würde, was ja auch unmöglich wäre, sondern nur, daß er nicht zu harte Demütigungen erleide, wenn er hinter seinen Geschwistern zurückbleibt. Das ist nun deine Sache, Fagon. Du wirst auch zusehen, daß er körperlich nicht übertrieben werde. Laß das nicht aus dem Auge, ich bitte dich! Denn der Marschall übersieht das. Du kennst ihn ja. Er hat den Krieg im Kopf, die Grenzen, die Festungen ... Selbst über der Mahlzeit ist er in seine Geschäfte vertieft, der dem König und Frankreich unentbehrliche Mann, läßt sich plötzlich eine Karte holen, wenn er nicht selbst danach aufspringt, oder ärgert sich über irgendeine vormittags entdeckte Nachlässigkeit seiner Schreiber, welchen man bei der um sich greifenden Pflichtvergessenheit auch nicht das Geringste mehr überlassen dürfe. Geht dann durch einen Zufall ein Täßchen oder Schälchen entzwei, vergißt sich der Reizbare bis zum Schelten. Gewöhnlich sitzt er schweigend oder einsilbig zu Tische, mit gerunzelter Stirn, ohne sich mit dem Kinde abzugeben, das an jedem seiner Blicke hängt, ohne sich nach seinen kleinen Fortschritten zu erkundigen, denn er setzt voraus: ein Boufflers tue von selbst seine Pflicht. Und der Julian wird bis an die äußersten Grenzen seiner Kräfte gehen ... Fagon, laß ihn keinen Schaden leiden! Nimm dich des Knaben an! Bring ihn heil hinweg über seine zarten Jahre! Mische dich nur ohne Bedenken ein. Der Marschall hält etwas auf dich und wird deinen Rat gelten lassen. Er nennt dich den redlichsten Mann von Frankreich ... Also du versprichst es mir, bei dem Knaben meine Stelle zu vertreten ... Du hältst Wort und darüber hinaus ...‹

Ich gelobte es der Marschallin und sie starb nicht schwer.

Vor dem Bette, darauf sie lag, beobachtete ich den mir anvertrauten Knaben. Er war aufgelöst in Tränen, seine Brust arbeitete, aber er warf sich nicht verzweifelnd über die Tote, berührte den entseelten Mund nicht, sondern er kniete neben ihr, ergriff ihre Hand und küßte diese, wie er sonst zu tun pflegte. Sein Schmerz war tief, aber keusch und enthaltsam. Ich schloß auf männliches Naturell und früh geübte Selbstbeherrschung und betrog mich nicht. Im übrigen war Julian damals ein hübscher Knabe von etwa dreizehn Jahren, mit den seelenvollen Augen seiner Mutter, gewinnenden Zügen, wenig Stirn unter verworrenem blonden Ringelhaar und einem untadeligen Bau, der zur Meisterschaft in jeder Leibesübung befähigte.

Nachdem der Marschall das Weib seiner Jugend beerdigt und ein Jahr später mit der jüngsten des Marschalls Grammont sich wieder verehelicht hatte, dem rührigen, grundgescheiten, olivenfarbigen, brennend magern Weibe, das wir kennen, beriet er aus freien Stücken mit mir die Schule, wohin wir Julian schicken sollten; denn seines Bleibens war nun nicht länger im väterlichen Hause.

Ich besprach mich mit dem geistlichen Hauslehrer, welcher das Kind bisher beaufsichtigt und beschäftigt hatte. Er zeigte mir die Hefte des Knaben, die Zeugnis ablegten von einem rührenden Fleiß und einer tapfern Ausdauer, aber zugleich von einem unglaublich mittelmäßigen Kopfe, einem völligen Mangel an Kombination und Dialektik, einer absoluten Geistlosigkeit. Was man im weitesten Sinne Witz nennt, jede leidenschaftliche – warme oder spottende – Beleuchtung der Rede, jede Überraschung des Scharfsinns, jedes Spiel der Einbildungskraft waren abwesend. Nur der einfachste Begriff und das ärmste Wort standen dem Knaben zu Gebote. Höchstens gefiel dann und wann eine Wendung durch ihre Unschuld oder brachte zum Lächeln durch ihre Naivität. Seltsamer- und traurigerweise sprach der Hausgeistliche von seinem Zögling unwissentlich in den Worten Molières: ›ein Knabe ohne Falsch, der alles auf Treu und Glauben nimmt, ohne Feuer und Einbildungskraft, sanft, friedfertig, schweigsam und‹ – setzte er hinzu – ›mit den schönsten Herzenseigenschaften.‹

Der Marschall und ich wußten dann – die Wahl war nicht groß – keine bessere Schule für das Kind als ein Jesuitenkollegium; und warum nicht das in Paris, wenn wir Julian nicht von seinen Standes- und Altersgenossen sondern wollten? Man muß es den Vätern lassen: sie sind keine Pedanten, und man darf sie loben, daß sie angenehm unterrichten und freundlich behandeln. Mit einer Schule jansenistischer Färbung konnten wir uns nicht befreunden: der Marschall schon nicht als guter Untertan, der Euer Majestät Abneigung gegen die Sekte kannte und Euer Majestät Gnade nicht mutwillig verscherzen wollte, ich aus eben diesem Grunde« – Fagon lächelte – »und weil ich für den durch seine Talentlosigkeit schon überflüssig gedrückten Knaben die herbe Strenge und die finstern Voraussetzungen dieser Lehre un- geeignet, die leichte Erde und den zugänglichen Himmel der Jesuiten dagegen hier für zuträglich oder wenigstens völlig unschädlich hielt, denn ich wußte, das Grundgesetz dieser Knabenseele sei die Ehre.

Dabei war auf meiner Seite die natürliche Voraussetzung, daß die frommen Väter nie von dem Marschalle beleidigt würden, und das war in keiner Weise zu befürchten, da der Marschall sich nicht um kirchliche Händel kümmerte und als Kriegsmann an der in diesem Orden streng durchgeführten Subordination sogar ein gewisses Wohlgefallen hatte.

Wie sollte aber der von der Natur benachteiligte Knabe mit einer öffentlichen Klasse Schritt halten? Da zählten der Marschall und ich auf zwei verschiedene Hilfen. Der Marschall auf das Pflichtgefühl und den Ehrgeiz seines Kindes. Er selbst, der nur mittelmäßig Begabte, hatte auf seinem Felde Rühmliches geleistet, aber kraft seiner sittlichen Eigenschaften, nicht durch eine geniale Anlage. Ohne zu wissen oder nicht wissen wollend, daß Julian jene mittlere Begabung, welche er selbst mit eisernem Fleiße verwertete, bei weitem nicht besitze, glaubte er, es gebe keine Unmöglichkeit für den Willenskräftigen, und selbst die Natur lasse sich zwingen, wie ihn denn seine Galopins beschuldigen, er tadle einen während der Parade über die Stirn rollenden Schweißtropfen als ordonnanzwidrig, weil er selbst nie schwitze.

Ich dagegen baute auf die allgemeine Menschenliebe der Jesuiten und insonderheit auf die Berücksichtigung und das Ansehen der Person, wodurch diese Väter sich auszeichnen. Ich beredete mich mit mehreren derselben und machte sie mit den Eigenschaften des Knaben vertraut. Um ihnen das Kind noch dringender an das Herz zu legen, sprach ich ihnen von der Stellung seines Vaters, sah aber gleich, daß sie sich daraus nichts machten. Der Marschall ist ausschließlich ein Kriegsmann, dabei tugendhaft, ohne Intrige, und die Ehre folgt ihm nach wie sein Schatten. So hatten die Väter von ihm nichts zu hoffen und zu fürchten. Unter diesen Umständen glaubte ich Julian eine kräftigere Empfehlung verschaffen zu müssen und gab den frommen Vätern einen Wink –« Der Erzähler stockte.

»Was vertuschest du, Fagon?« fragte der König.

»Ich komme darauf zurück«, stotterte Fagon verlegen, »und dann wirst du, Sire, mir etwas zu verzeihen haben. Genug, das Mittel wirkte. Die Väter wetteiferten, dem Knaben das Lernen zu erleichtern, dieser fühlte sich in einer warmen Atmosphäre, seine Erstarrung wich, seine kargen Gaben entfalteten sich, sein Mut wuchs und er war gut aufgehoben. Da änderte sich alles gründlich in sein Gegenteil.

Etwa ein halbes Jahr nach dem Eintritt Julians bei den Jesuiten ereignete sich zu Orléans, in dessen Weichbild die Väter Besitz und eine Schule hatten, welche beide sie zu vergrößern wünschten, eine schlimme Geschichte. Vier Brüder von kleinem Adel besaßen dort ein Gut, welches an den Besitz der Jesuiten stieß und das sie ungeteilt bewirteten. Alle vier dienten in Eurem Heere, Sire, verzehrten, wie zu geschehen pflegte, für ihre Ausrüstung und mehr noch im Umgang mit reichen Kameraden ihre kurze Barschaft und verschuldeten ihre Felder. Nun fand es sich, daß jenes Jesuitenhaus durch Zusammenkauf dieser Pfandbriefe der einzige Gläubiger der vier Junker geworden war und ihnen aus freien Stücken darüber hinaus eine abrundende Summe vorschoß, drei Jahre fest, dann mit jähriger Kündigung. Daneben aber verpflichteten sich die Väter den Junkern gegenüber mündlich aufs feierlichste, die ganze Summe auf dem Edelgute stehen zu lassen; es sei eben nur ein rein formales Gesetz ihrer Ordensökonomie, Geld nicht länger als auf drei Jahre auszutun.

Da begab es sich, daß die Väter jenes Hauses unversehens in ihrer Vollzahl an das Ende der Welt geschickt wurden, wahrhaftig, ich glaube nach Japan, und die an ihre Stelle tretenden begreiflicherweise nichts von jenem mündlichen Versprechen ihrer Vorgänger wußten. Der dreijährige Termin erfüllte sich, die neuen Väter kündigten die Schuld, nach Jahresfrist konnten die Junker nicht zahlen und es wurde gegen sie verfahren.

Schon hatte sich das fromme Haus in den Besitz ihrer Felder gesetzt, da gab es Lärm. Die tapfern Brüder polterten an alle Türen, auch an die des Marschalls Boufflers, welcher sie als wackere Soldaten kannte und schätzte. Er untersuchte den Handel mit Ernst und Gründlichkeit nach seiner Weise. Der entscheidende Punkt war, daß die Brüder behaupteten, von den frommen Vätern nicht allein mündliche Beteuerungen, sondern, was sie völlig beruhigt und sorglos gemacht, zu wiederholten Malen auch gleichlautende Briefe erhalten zu haben. Diese Schriftstücke seien auf unerklärliche Weise verlorengegangen. Wohl fänden sich in Briefform gefaltete Papiere mit gebrochenen, übrigens leeren Siegeln, welche den Briefen der Väter zum Verwundern glichen, doch diese Papiere seien unbeschrieben und entbehren jedes Inhalts.

Dergestalt fand ich, eines Tages das Kabinett des Marschalls betretend, denselben damit beschäftigt, in seiner genauen Weise jene blanken Quadrate umzuwenden und mit der Lupe vorn und hinten zu betrachten. Ich schlug ihm vor mir die Blätter für eine Stunde anzuvertrauen, was er mir mit ernsten Augen bewilligte.

Ihr schenktet, Sire, der Wissenschaft und mir einen botanischen Garten, der Euch Ehre macht, und bautet mir im Grünen einen stillen Sitz für mein Alter. Nicht weit davon, am Nordende, habe ich mir eine geräumige chemische Küche eingerichtet, die Ihr einmal zu besuchen mir verspracht. Dort unterwarf ich jene fragwürdigen Papiere wirksamen und den gelehrten Vätern vielleicht noch unbekannten Agentien. Siehe da, die erblichene Schrift trat schwarz an das Licht und offenbarte das Schelmstück der Väter Jesuiten.

Der Marschall eilte mit den verklagenden Papieren stracks zu deiner Majestät« – König Ludwig strich sich langsam die Stirn – »und fand dort den Pater Lachaise, welcher aufs tiefste erstaunte über diese Verirrung seiner Ordensbrüder in der Provinz, zugleich aber deiner Majestät vorstellte, welche schreiende Ungerechtigkeit es wäre, die Gedankenlosigkeit weniger oder eines einzelnen eine so zahlreiche, wohltätige und sittenreine Gesellschaft entgelten zu lassen, und dieser einzelne, der frühere Vorsteher jenes Hauses habe überdies, wie er aus verläßlichen Quellen wisse, kürzlich in Japan unter den Heiden das Martyrium durch den Pfahl erlitten.

Wer am besten bei dieser Wendung der Dinge fuhr, das waren die vier Junker. Die Hälfte der Schuld erließen ihnen die verblüfften Väter, die andere Hälfte tilgte ein Großmütiger.«

Der König, der es gewesen sein mochte, veränderte keine Miene.

»Dem Marschall dankte dann Père Lachaise insbesondere dafür, daß er in einer bemühenden Sache die Herstellung der Wahrheit unternommen und es seinem Orden erspart habe, sich mit ungerechtem Gute zu belasten. Dann bat er ihn, der Edelmann den Edelmann, den Vätern sein Wohlwollen nicht zu entziehen und ihnen das Geheimnis zu bewahren, was sich übrigens für einen Marschall Boufflers von selbst verstehe.

Der geschmeichelte Marschall sagte zu, wollte aber wunderlicherweise nichts davon hören, die verräterischen Dokumente herauszugeben oder sie zu vernichten. Es fruchtete nichts, daß Père Lachaise ihn zuerst mit den zartesten Wendungen versuchte, dann mit den bestimmtesten

Forderungen bestürmte. Nicht daß der Marschall im geringsten daran gedacht hätte, sich dieser gefährlichen Briefe gegen die frommen Väter zu bedienen; aber er hatte sie einmal zu seinen Papieren gelegt, mit deren Aufräumen und Registrieren er das Drittel seiner Zeit zubringt. In diesem Archive, wie er es nennt, bleibt vergraben, was einmal drinnen liegt. So schwebte kraft der Ordnungsliebe und der genauen Gewohnheiten des Marschalls eine immerwährende Drohung über dem Orden, die derselbe dem Unvorsichtigen nicht verzieh. Der Marschall hatte keine Ahnung davon und glaubte mit den von ihm geschonten Vätern auf dem besten Fuße zu stehn.

Ich war anderer Meinung und ließ es an dringenden Vorstellungen nicht fehlen. Hart setzte ich ihm zu, seinen Knaben ohne Zögerung den Jesuiten wegzunehmen, da der verbissene Haß und der verschluckte Groll, welchen getäuschte Habgier und entlarvte Schurkerei unfehlbar gegen ihren Entdecker empfinden, sich notwendigerweise über den Orden verbreiten, ein Opfer suchen und es vielleicht, ja wahrscheinlich in seinem unschuldigen Kinde finden würden. Er sah mich verwundert an, als ob ich irre rede und Fabeln erzähle. Geradeheraus: entweder hat der Marschall einen kurzen Verstand, oder er wollte sein gegebenes Wort mit Prunk und Glorie selbst auf Kosten seines Kindes halten.

›Aber, Fagon‹, sagte er, ›was in aller Welt hat mein Julian mit dieser in der Provinz begegneten Geschichte zu schaffen? Wo ist da ein richtiger Zusammenhang? Wenn ihm übrigens die Väter ein bißchen strenger auf die Finger sehen, das kann nichts schaden. Sie haben ihn nicht übel verhätschelt. Ihnen jetzt den Knaben wegnehmen? Das wäre unedel. Man würde plaudern, Gründe suchen, vielleicht die unreinliche Geschichte ausgraben und ich stünde da als ein Wortbrüchiger.‹ So sah der Marschall nur den Nimbus seiner Ehre, statt an sein Kind zu denken, das er vielleicht, solange es lebte, noch keines eingehenden Blickes gewürdigt hatte. Ich hätte ihn für seinen Edelmut mit dieser meiner Krücke prügeln können.

Es ging dann, wie es nicht anders gehen konnte. Nicht in auffallender Weise, ohne Plötzlichkeit und ohne eigentliche Ungerechtigkeit ließen die Väter Professoren den Knaben sinken, in welchem sie den Sohn eines Mannes zu hassen begannen, der den Orden beleidigt habe. Nicht alle unter ihnen, die bessern am wenigsten, kannten die saubere

Geschichte, aber alle wußten: Marschall Boufflers hat uns beschämt
und geschädigt, und alle haßten ihn.

Eine feine Giftluft schleichender Rache füllte die Säle des Kollegiums. Nicht nur jedes Entgegenkommen, sondern auch jede gerechte Berücksichtigung hatten für Julian aufgehört. Das Kind litt. Täglich und stündlich fühlte es sich gedemütigt, nicht durch lauten Tadel, am wenigsten durch Scheltworte, welche nicht im Gebrauche der Väter sind, sondern fein und sachlich, einfach dadurch, daß sie die Armut des Blondkopfes nicht länger freundlich unterstützten und die geistige Dürftigkeit nach verweigertem Almosen beschämt in ihrer Blöße dastehen ließen. Jetzt begann das Kind von einem verzweifelnden Ehrgeiz gestachelt, seine Wachen zu verlängern, seinen Schlummer gewalttätig abzukürzen, sein Gehirn zu martern, seine Gesundheit zu untergraben – ich mag davon nicht reden, es bringt mich auf …«

Fagon machte eine Pause und schöpfte Atem.

Der König füllte dieselbe, indem er ruhig bemerkte: »Ich frage mich, Fagon, wieviel Wirklichkeit alles dieses hat. Ich meine diese stille Verschwörung gelehrter und verständiger Männer zum Schaden eines Kindes und dieser brütende Haß einer ganzen Gesellschaft gegen einen im Grunde ihr so ungefährlichen Mann, wie der Marschall ist, der sie ja überdies ganz ritterlich behandelt hatte. Du siehst Gespenster, Fagon. Du bist hier Partei und hast vielleicht, wer weiß, gegen den verdienten Orden neben deinem ererbten Vorurteil noch irgendeine persönliche Feindschaft.«

»Wer weiß?« stammelte Fagon. Er hatte sich entfärbt, soweit er noch erblassen konnte, und seine Augen loderten. Die Marquise wurde ängstlich und berührte heimlich den Arm ihres Schützlings, ohne daß er die warnende Hand gefühlt hätte. Frau von Maintenon wußte, daß der heftige Alte, wenn er gereizt wurde, gänzlich außer sich geriet und unglaubliche Worte wagte, selbst dem Könige gegenüber, welcher freilich dem langjährigen und tiefen Kenner seiner Leiblichkeit nachsah, was er keinem andern so leicht vergeben hätte.

Fagon zitterte. Er stotterte unzusammenhängende Sätze und seine Worte stürzten durcheinander, wie Krieger zu den Waffen.

»Du glaubst es nicht, Majestät, Kenner der Menschenherzen, du glaubst es nicht, daß die Väter Jesuiten jeden, der sie wissentlich oder unwissentlich beleidigt, hassen bis zur Vernichtung? Du glaubst nicht, daß diese Väter weder Wahr noch Falsch, weder Gut noch Böse kennen, sondern nur ihre Gesellschaft?« Fagon schlug eine grimmige Lache auf. »Du *willst* es nicht glauben, Majestät!

Sage mir, König, du Kenner der Wirklichkeit«, raste Fagon abspringend weiter, »da die Rede ist von der Glaubwürdigkeit der Dinge, kannst du auch nicht glauben, daß in deinem Reiche bei der Bekehrung der Protestanten Gewalt angewendet wird?«

»Diese Frage«, erwiderte der König sehr ernsthaft, »ist die erste deiner heutigen drei Freiheiten. Ich beantworte sie. Nein, Fagon. Es wird, verschwindend wenige Fälle ausgenommen, bei diesen Bekehrungen keine Gewalt angewendet, weil ich es ein für allemal ausdrücklich untersagt habe und weil meinen Befehlen nachgelebt wird. Man zwingt die Gewissen nicht. Die wahre Religion siegt gegenwärtig in Frankreich über Hunderttausende durch ihre innere Überzeugungskraft.«

»Durch die Predigten des Père Bourdaloue!« höhnte Fagon mit gellender Stimme. Dann schwieg er. Entsetzen starrte aus seinen Augen über *diesen* Gipfel der Verblendung, *diese* Mauer des Vorurteils, *diese* gänzliche Vernichtung der Wahrheit. Er betrachtete den König und sein Weib eine Weile mit heimlichem Grauen.

»Sire, meine nicht«, fuhr er fort, »daß ich Partei bin und das Blut meiner protestantischen Vorfahren aus mir spreche. Ich bin von einer ehrwürdigen Kirche abgefallen. Warum? Weil ich, Gott vorbehalten, von dem ich nicht lasse und der in meinen alten Tagen mich nicht verlassen möge, über Religionen und Konfessionen samt und sonders denke, wie jener lukrezische Vers …«

Weder der König noch Frau von Maintenon wußten von diesem Verse, aber sie konnten vermuten, Fagon meine nichts Frommes.

»Kennt Ihr den Tod meines Vaters, Sire?« flüsterte Fagon. »Er ist ein Geheimnis geblieben, aber Euch will ich es anvertrauen. Er war ein sanfter Mann und nährte sich, sein Weib und seine Kinder, deren letztes und sechstes ich Verwachsener war, in Auxerre von dem Verkaufe seiner Latwergen redlich und kümmerlich; denn Auxerre hat eine gesunde Luft und ein Schock Apotheken. Die glaubenseifrigen Einwohner, die meinen Vater liebten, wollten ihm alles Gute und hätten ihn gern der Kirche zurückgegeben, aber nicht mit Gewalt, denn Ihr habet es gesagt, Sire, man zwingt die Gewissen nicht. Also verbrüderten sie sich, die calvinistische Apotheke zu meiden. Mein Vater verlor sein Brot, und wir hungerten. Die Väter Jesuiten taten dabei, wie überall, das Beste. Da wurde sein Gewissen in sich selbst uneins. Er schwur ab. Weil aber die scharfen calvinistischen Sätze ein Gehirn, dem sie in seiner Kindheit eingegraben wurden, nicht so leicht wieder verlassen, erschien sich der Ärmste bald als ein Judas, der den Herrn verriet, und er ging hin wie jener und tat desgleichen.«

»Fagon«, sagte der König mit Würde, »du hast den armen Père Tellier wegen einer geschmacklosen Rede über seinen Vater beschimpft, und redest selber so nackt und grausam von dem deinigen. Unselige Dinge verlangen einen Schleier!«

»Sire«, erwiderte der Arzt, »Ihr habet recht und seid für mich wie für jeden Franzosen das Gesetz in Dingen des Anstandes. Freilich kann man sich von gewissen Stimmungen hinreißen lassen, in dieser Welt der Unwahrheit und ihr zum Trotz von einer blutigen Tatsache, und wäre es die schmerzlichste, das verhüllende Tuch unversehens wegzuziehen …

Aber, Sire, wie vorzeitig habe ich die erste meiner Freiheiten verbraucht, und wahrlich, mich gelüstet, gleich noch meine zweite zu verwenden.« Die Marquise las in den veränderten Zügen des Arztes, daß sein Zorn vorüber und nach einem solchen Ausbruche an diesem Abend kein Rückfall mehr zu befürchten sei.

»Sire«, sagte Fagon fast leichtsinnig, »habt Ihr Euern Untertan, den Tiermaler Mouton gekannt? Ihr schüttelt das Haupt. So nehme ich mir die große Freiheit, Euch den wenig hoffähigen, aber in diese Geschichte gehörenden Künstler vorzustellen, zwar nicht in Natur, mit seinem zerlöcherten Hut, den Pfeifenstummel zwischen den Zähnen – ich rieche seinen Knaster –, hemdärmelig und mit hangenden Strümpfen. Überdies liegt er im Grabe. Ihr liebet die Niederländer nicht, Sire, weder ihre Kirmessen auf der Leinwand, noch ihre eigenen ungebundenen Personen. Wisset, Majestät: Ihr habt einen Maler besessen, einen Pikarden, der sowohl durch die Sachlichkeit seines Pinsels als durch die Zwanglosigkeit seiner Manieren die Holländer bei weitem überholländerte.

Dieser Mouton, Sire, hat unter uns gelebt, seine grasenden Kühe und seine in eine Staubwolke gedrängten Hammel malend, ohne eine blasse Ahnung alles Großen und Erhabenen, was dein Zeitalter, Majestät, hervorgebracht hat. Kannte er deine Dichter? Nicht von ferne. Deine Bischöfe und Prediger? Nicht dem Namen nach. Mouton hatte kein Taufwasser gekostet. Deine Staatsmänner, Colbert, Lyonne und die andern? Darum hat sich Mouton nie geschoren. Deine Feldherrn,

Condé mit dem Vogelgesicht, Turenne, Luxembourg und den Enkel der schönen Gabriele? Nur den letztern, welchem er in Anet einen Saal mit Hirschjagden von unglaublich frecher Mache füllte. Vendôme mochte Mouton und dieser nannte seinen herzoglichen Gönner in rühmender Weise einen Viehkerl, wenn ich das Wort vor den Ohren der Majestät aussprechen darf. Hat Mouton die Sonne unserer Zeit gekannt? Wußte er von deinem Dasein, Majestät? Unglaublich zu sagen: den Namen, welcher die Welt und die Geschichte füllt – vielleicht hat er nicht einmal deinen Namen gewußt, wenn ihm auch, selten genug, deine Goldstücke durch die Hände laufen mochten. Denn Mouton konnte nicht lesen, sowenig als sein Liebling, der andere Mouton.

Dieser zweite Mouton, ein weiser Pudel mit geräumigem Hirnkasten und sehr verständigen Augen, über welche ein schwarzzottiges Stirnhaar in verworrenen Büscheln niederhing, war ohne Zweifel – in den Schranken seiner Natur – der begabteste meiner drei Gäste: so sage ich, weil Julian Boufflers, von dem ich erzähle, Mouton der Mensch und Mouton der Pudel oft lange Stunden vergnügt bei mir zusammensaßen.

Ihr wisset, Sire, die Väter Jesuiten sind freigebige Ferienspender, weil ihre Schüler, den vornehmen, ja den höchsten Ständen angehörend, öfters zu Jagden, Komödien oder sonstigen Lustbarkeiten, freilich nicht alle, nach Hause oder anderswohin gebeten werden. So nahm ich denn Julian, welcher von seinem Vater, dem Marschall, grundsätzlich selten nach Hause verlangt wurde, zuweilen in Euern botanischen Garten mit, wo Mouton, der sich unter Pflanzen und Tieren heimisch fühlte, mich zeitweilig besuchte, irgendeine gelehrte Eule oder einen possierlichen Affen mit ein paar entschiedenen Kreidestrichen auf das Papier warf und wohl auch, wenn Fleiß und gute Laune vorhielten, mir ein stilles Zimmer mit seinen scheuenden Pferden oder saufenden Kühen bevölkerte. Ich hatte Mouton den Schlüssel einer Mansarde mit demjenigen des nächsten Mauerpförtchens eingehändigt, um dem Landstreicher eine Heimstätte zu geben, wo er seine Staffeleien und Mappen unterbringe. So erschien und verschwand er bei mir nach seinem Belieben.

Einmal an einem jener kühlen und erquicklichen Regensommertage, jener Tage stillen aber schnellen Wachstumes für Natur und Geist, saß ich in meiner Bibliothek und blickte durch das hohe Fenster derselben über einen aufgeschlagenen Folianten und meine Brille hinweg in die mir gegenüberliegende Mansarde des Nebengebäudes, das Nest Moutons. Dort sah ich einen blonden schmalen Knabenkopf in glücklicher Spannung gegen eine Staffelei sich neigen. Dahinter nickte der derbe Schädel Moutons und eine behaarte Hand führte die schlanke des Jünglings. Außer Zweifel, da wurde eine Malstunde gegeben. Mouton der Pudel saß auf einem hohen Stuhle mit rotem Kissen daneben, klug und einverstanden, als billige er höchlich diese gute Ergötzung. Ich markierte mein Buch und ging hinüber.

In meinen Filzstiefeln wurde ich von den lustig Malenden nicht gehört und nur von Mouton dem Pudel wahrgenommen, der aber seinen Gruß, ohne das Kissen zu verlassen, auf ein heftiges Wedeln beschränkte. Ich ließ mich still in einen Lehnstuhl nieder, um dem wunderlichsten Gespräche beizuwohnen, welches je in Euerm botanischen Garten, Sire, geführt wurde. Zuerst aber betrachtete ich aus meinem Winkel das Bild, welches auf der Staffelei stand, den Geruch einatmend, den die flott und freigebig gehandhabten Ölfarben verbreiteten. Was stellte es dar? Ein Nichts: eine Abendstimmung, eine Flußstille, darin die Spiegelung einiger aufgelöster roter Wölkchen und eines bemoosten Brückenbogens. Im Flusse standen zwei Kühe, die eine saufend, die andere, der auch noch das Wasser aus den Maulwinkeln troff, beschaulich blickend. Natürlich tat Mouton das Beste daran. Aber auch der Knabe besaß eine gewisse Pinselführung, welche nur das Ergebnis mancher ohne mein Wissen mit Mouton vermalten Stunde sein konnte. Wie viel oder wenig er gelernt haben mochte, schon die Illusion eines Erfolges, die Teilnahme an einer genialen Tätigkeit, einem mühelosen und glücklichen Entstehen, einer Kühnheit und Willkür der schöpferischen Hand, von welcher wohl der Phantasielose sich früher keinen Begriff gemacht hatte und die er als ein Wunder bestaunte, ließ den Knaben nach so vielen Verlusten des Selbstgefühls eine große Glückseligkeit empfinden. Das wärmste Blut rötete seine keuschen Wangen und ein Eifer beflügelte seine Hand, daß nichts darüber ging und auch ich eine helle väterliche Freude fühlte.

Inzwischen erklärte Mouton dem Knaben die breiten Formen und schweren Gebärden einer wandelnden Kuh, und schloß mit der Behauptung, es gehe nichts darüber, als die Gestalt des Stieres. Diese sei der Gipfel der Schöpfung. Er sagte wohl, um genau zu sein, der Natur, nicht der Schöpfung, denn die letztere kannte er nicht, weder den Namen, noch die Sache, da er verwahrlost und ohne Katechismus aufgewachsen war.

Wenig Glück genügte, die angebotene Heiterkeit wie eine sprudelnde Quelle aus dem Knaben hervorzulocken. Die Achtung Moutons vor dem Hornvieh komisch findend, erzählte Julian unschuldig: ›Père Amiel hat uns heute morgen gelehrt, daß die alten Ägypter den Stier göttlich verehrten. Das finde ich drollig!‹

›Sapperment‹, versetzte der Maler leidenschaftlich, ›da taten sie recht. Gescheite Leute das, Viehkerle! Nicht wahr, Mouton? Wie? Ich frage dich, Julian, ist ein Stierhaupt in seiner Macht und drohenden Größe nicht göttlicher – um das dumme Wort zu gebrauchen – als ein Dreieck oder ein Tauber oder gar ein schales Menschengesicht? Nicht wahr, Mouton? Das fühlst du doch selber, Julian? Wenn ich sage: fades Menschengesicht, so rede ich unbeschadet der Nase deines Père Amiel. Alle Achtung!‹ Mouton zeichnete, übrigens ohne jeden Spott, mit einem frechen Pinselzug auf das Tannenholz der Staffelei eine Nase, aber eine Nase, ein Ungeheuer von Nase, von fabelhafter Größe und überwältigender Komik.

›Man sieht‹, fuhr er dann in ganzem Ernste fort, ›die Natur bleibt nicht stehen. Es würde sie ergötzen, zeitweilig etwas Neues zu bringen. Doch das ist verspätet: die Vettel hat ihr Feuer verloren.‹

›Père Amiel‹, meinte der Knabe schüchtern, ›wird der Natur nicht für seine Nase danken, denn sie macht ihn lächerlich, und er hat ihrethalber viel von meinen Kameraden auszustehen.‹

›Das sind eben Buben‹, sagte Mouton großmütig, ›denen der Sinn für das Erhabene mangelt. Aber beiläufig, wie kommt es, Julian, daß ich, neulich in deinem Schulhaus einen Besuch machend, um dir die Vorlagen zu bringen, dich unter lauter Kröten fand? Dreizehn- und vierzehnjährigen Jüngelchen? Paßt sich das für dich, dem der Flaum keimt und der ein Liebchen besitzt?‹

Dieser plötzliche Überfall rief den entgegengesetzten Ausdruck zweier Gefühle auf das Antlitz des Jünglings: eine glückliche, aber tiefe Scham, und einen gründlichen Jammer, der überwog. Julian seufzte. ›Ich bin zurückgeblieben‹, lispelte er mit unwillkürlichem Doppelsinne.

›Dummheit!‹ schimpfte Mouton. ›Worin zurückgeblieben? Bist du nicht mit deinen Jahren gewachsen und ein schlanker und schöner

Mensch? Wenn dir die Wissenschaften widerstehen, so beweist das deinen gesunden Verstand. Meiner Treu! ich hätte mich als ein Bärtiger oder wenigstens Flaumiger nicht unter die Buben setzen lassen und wäre auf der Stelle durchgebrannt.‹

272

›Aber Mouton‹, sagte der Knabe, ›der Marschall, mein Vater, hat es von mir verlangt, daß ich noch ein Jahr unter den Kleinen sitzen bleibe. Er hat mich darum gebeten, ihm diesen Gefallen zu tun.‹ Er sagte das mit einem zärtlichen Ausdruck von Gehorsam und ehrfürchtiger Liebe, der mich ergriff, obschon ich mich zu gleicher Zeit an dem die kindliche Verehrung mißbrauchenden Marschall ärgerte und auch darüber höchst mißmutig war, daß Julian, gegen mich und jedermann ein hartnäckiger Schweiger, einem Mouton Vertrauen bewies, einem Halbmenschen sich aufschloß. Mit Unrecht. Erzählen doch auch wir Erwachsenen einem treuen Tiere, welches uns die Pfoten auf die Kniee legt, unsern tiefsten Kummer, und ist es nicht ein vernünftiger Trieb aller von der Natur Benachteiligten, ihre Gesellschaft eher unten zu suchen als bei ihresgleichen, wo sie sich als Geschonte und Bemitleidete empfinden?

›Weißt du was‹, fuhr Mouton nach einer Pause fort, und der andere Mouton spitzte die Ohren dazu, ›du zeichnest dein Vieh schon jetzt nicht schlecht und lernst täglich hinzu. Ich nehme dich nach dem Süden als meinen Gesellen. Ich habe da eine Bestellung nach Schloß Grignan. Die Dingsda – wie heißt sie doch? das fette lustige Weibsbild? richtig: die Sévigné! – schickt mich ihrem Schwiegersohn, dem Gouverneur dort herum. Du gehst mit und nährst dich ausgiebig von Oliven, bist ein freier loser Vogel, der flattert und pickt, wo er will, blickst dein Lebtag in nichts Gedrucktes und auf nichts Geschriebenes mehr und lässest den Marschall Marschall sein. Auch dein blaues kühles vornehmes Liebchen bleibt dahinten. Meinst, ich hätte dich nicht gesehen, Spitzbube, erst vorgestern, da der alte Quacksalber in Versailles war, vor den Affen stehen, mit der alten Kräuterschachtel und der großen blauen Puppe? Für diese wird sich schon ein brauner sonneverbrannter Ersatz finden.‹

Dieses letzte Wort, welches noch etwas zynischer lautete, empörte mich, wiewohl es den Knaben, wie ich ihn kannte, nicht beschädigen konnte. Jetzt räusperte ich mich kräftig, und Julian erhob sich in seiner ehrerbietigen Art mich zu begrüßen, während Mouton, ohne irgendeine

Verlegenheit blicken zu lassen, sich begnügte in den Bart zu murmeln: ›Der!‹ Mouton war von einer gründlichen Undankbarkeit.

Ich nahm den Knaben, während Mouton lustig fortpinselte, mit mir in den Garten und fragte ihn, ob ihn wirklich der Zyniker in seinem Collège aufgesucht hätte, was mir aus naheliegenden Gründen unangenehm war. Julian bejahte. Es habe ihn etwas gekostet, sagte er aufrichtig, unter seinen Mitschülern im Hofraum den Händedruck Moutons zu erwidern, dem die nackten Ellbogen aus den Löchern seiner Ärmel und die Zehen aus den Schuhen geguckt hätten, ›aber‹, sagte er, ›ich tat es und begleitete ihn auch noch über die Straße; denn ich danke ihm Unterricht und heitere Stunden und habe ihn auch recht lieb, ohne seine Unreinlichkeit‹.

So redete der Knabe, ohne weiter etwas daraus zu machen, und erinnerte mich an eine Szene, die ich vor kurzem aus den obern, auf den Spielplatz blickenden Arkaden des Collège, wohin man mich zu einem kranken Schüler gerufen, beobachtet hatte und von welcher ich mich lange nicht hatte trennen können. Unten war Fechtstunde, und der Fechtmeister, ein alter benarbter Sergeant, der lange Jahre unter dem Marschall gedient hatte, behandelte den Sohn seines Feldherrn, welcher kurz vorher neben Kindern auf einer Schulbank gesessen, mit fast unterwürfiger Ehrerbietung, als erwarte er Befehl, statt ihn zu geben.

Julian focht ausgezeichnet, ich hätte fast gesagt: er focht edel. Der Knabe pflegte in den langen Stunden des Auswendiglernens das Handgelenk mechanisch zu drehen, wodurch dasselbe ungewöhnlich geschmeidig wurde. Dazu hatte er genauen Blick und sichern Ausfall. So wurde er, wie gesagt, ein Fechter erster Klasse, wie er auch gut und verständig ritt. Es lag nahe, daß der überall Gedemütigte diese seine einzige Überlegenheit seine Kameraden fühlen ließ, um ein Ansehen zu gewinnen. Aber nein, er verschmähte es. Die in dieser Körperübung Geschickten und Ungeschickten behandelte er, ihnen die Klinge in der Hand gegenüberstehend, mit der gleichen Courtoisie, ohne jemals mit jenen in eine hitzige Wette zu geraten oder sich über diese, von welchen er sich zuweilen zu ihrer Ermutigung großmütig stechen ließ, lustig zu machen. So stellte er auf dem Fechtboden in einer feinen und unauffälligen Weise jene Gleichheit her, deren er selbst in den Schulstunden schmerzlich entbehrte, und genoß unter seinen Kameraden zwar nicht einen durch die Faust eroberten Respekt, sondern eine mit Scheu verbundene Achtung seiner unerklärlichen Güte, die freilich in ein der Jugend sonst unbekanntes aufrichtiges Mitleid mit seiner übrigen Unbegabtheit verfloß. Die Ungunst des Glückes, welche so viele Seelen verbittert, erzog und adelte die seinige.

Ich war mit Julian in Euerm Garten, Sire, lustwandelnd zu den 274 Käfigen gelangt, wo Eure wilden Tiere hinter Eisenstäben verwahrt werden. Eben hatte man dort einen Wolf eingetan, der mit funkelnden Augen und in schrägem, hastigem Gange seinen Kerker durchmaß. Ich zeigte ihn dem Knaben, welcher nach einem flüchtigen Blick auf die ruhelose Bestie sich leicht schaudernd abwendete. Der platte Schädel, die falschen Augen, die widrige Schnauze, die tückisch gefletschten Zähne konnten erschrecken. Doch ich war die Furcht an dem Knaben, der schon Jagden mitgemacht hatte, durchaus nicht gewohnt. ›Ei, Julian, was ist dir?‹ lächelte ich, und dieser erwiderte befangen: ›Das Tier mahnt mich an jemand –‹ ließ dann aber die Rede fallen, denn wir erblickten auf geringe Entfernung ein vornehmes weibliches Paar, das unsere Aufmerksamkeit in Anspruch nahm: eine purzlige Alte und ein junges Mädchen, die erstere die Gräfin Mimeure – Ihr erinnert Euch ihrer, Sire, wenn sie auch seit Jahrzehnten den Hof meidet, nicht aus Nachlässigkeit, denn sie verehrt Euch grenzenlos, sondern weil sie, wie sie gesagt, mit ihren Runzeln Euern Schönheitssinn nicht beleidigen will. Garstig und witzig und wie ich an einem Krückenstock gehend, ein originelles und wackeres Geschöpf, war sie mir eine angenehme Erscheinung.

›Guten Tag, Fagon!‹ rief sie mir entgegen. ›Ich betrachte deine Kräuter und komme dich um ein paar Rhabarbersträuche zu bitten für meinen Garten zu Neuilly; du weißt, ich bin ein Stück von einer Ärztin!‹ und sie nahm meinen Arm. ›Begrüßet euch, ihr Jugenden! Tun sie, als hätten sie sich nie gesehen!‹

Julian, der schüchterne, begrüßte das Mädchen, welches ihm die Fingerspitzen bot, ohne große Verlegenheit, was mich wunderte und freute. ›Mirabelle Miramion‹, nannte sie mir die Gräfin, ›ein prächtiger Name, nicht wahr, Fagon?‹ Ich betrachtete das schöne Kind, und mir fiel gleich jenes ›blaue Liebchen‹ ein, mit welchem Mouton den Knaben aufgezogen. In der Tat, sie hatte große blaue, flehende Augen, eine kühle, durchsichtige Farbe und einen kaum vollendeten Wuchs, der noch nichts als eine zärtliche Seele ausdrückte.

Mit einer kindlichen, glockenhellen Stimme, welche zum Herzen ging, begann sie, da mich ihr die Gräfin als den Leibarzt des Königs vorstellte, folgendermaßen: ›Erster der Ärzte und Naturforscher, ich verneige mich vor Euch in diesem weltberühmten Garten, welchen Euch die Huld des mächtigsten Herrschers, der dem Jahrhundert den Namen gibt, in seiner volkreichen und bewundernswerten Hauptstadt gebaut hat.‹ Ich wurde so verblüfft von dieser weitläufigen verblühten Rhetorik in diesem kleinen lenzfrischen Munde, daß ich der Alten das Wort ließ, welche gutmütig verdrießlich zu schelten begann: ›Laß es gut sein, Bellchen. Fagon schenkt dir das übrige. Unter Freunden, Kind – denn Fagon ist es und kein Spötter – wie oft hab ich dich schon gebeten in den drei Wochen, da ich dich um mich habe, von diesem verwünschten gespreizten provinzialen Reden abzulassen. So spricht man nicht. Dieser hier ist nicht der Erste der Ärzte, sondern schlechthin Herr Fagon. Der botanische Garten ist kurzweg der botanische Garten, oder der Kräutergarten, oder der königliche Garten. Paris ist Paris und nicht die Hauptstadt, und der König begnügt sich damit, der König zu sein. Merke dir das.‹ Der Mund des Mädchens öffnete sich schmerzlich, und ein Tränchen rieselte über die blühende Wange.

Da wendete sich zu meinem Erstaunen Julian in großer Erregung gegen die Alte. ›Um Vergebung, Frau Gräfin!‹ sprach er kühn und heftig. ›Die Rhetorik ist eine geforderte, unentbehrliche Sache und schwierig zu lernen. Ich muß das Fräulein bewundern, wie reich sie redet, und Père Amiel, wenn er sie hörte –‹

›Père Amiel!‹ – die Gräfin brach in ein tolles Gelächter aus, bis sie das Zwerchfell schmerzte – ›Père Amiel hat eine Nase! aber eine Nase! eine Weltnase! Stelle dir vor, Fagon, eine Nase, welche die des Abbé Genest beschämt! Was ich im Collège zu schaffen hatte? Ich holte dort meinen Neffen ab – du weißt, Fagon, ich habe die Kinder von zwei verstorbenen Geschwistern auf dem Halse – meinen Neffen, den Guntram – armer, armer Junge! – und wurde, bis Père Tellier, der Studienpräfekt zurückkäme, in die Rhetorik des Père Amiel geführt. O Gott! o Gott!‹ Die Gräfin hielt sich den wackelnden Bauch. ›Hab ich gelitten an verschlucktem Lachen! Zuerst das sich ermordende römische Weibsbild! Der Pater erdolchte sich mit dem Lineal. Dann verzog er süß das Maul und hauchte: »Paete, es schmerzt nicht!« Aber was wollte das heißen gegen die sterbende Kleopatra mit der Viper!

Der Père setzte sich das Lineal an die linke Brustwarze und ließ die Äuglein brechen. Daß du das nicht gesehen hast, Fagon! ... Ih!‹ kreischte sie plötzlich, daß es mir durch Mark und Bein ging, ›da ist ja auch Père Tellier!‹ und sie deutete auf den Wolf, von welchem wir uns nicht über zwanzig Schritte entfernt hatten. ›Wahrhaftig, Père Tellier, wie er leibt und lebt! Gehen wir weg von deinen garstigen Tieren, Fagon, zu deinen wohlriechenden Pflanzen! Gib mir den Arm, Julian!‹

›Frau Gräfin erlauben‹, fragte dieser, ›warum nanntet Ihr den Guntram einen armen Jungen, ihn, der jetzt den Lilien folgt, wenn er nicht schon die Ehre hat, die Fahne des Königs selbst zu tragen?‹

›Ach, ach!‹ stöhnte die Gräfin mit plötzlich verändertem Gesichte, und den Tränen des Gelächters folgten die gleichfarbigen des Jammers, ›warum ich den Guntram einen armen Jungen nannte? Weil er gar nicht mehr vorhanden ist, Julian, weggeblasen! Dazu bin ich in den Garten gekommen, wo ich dich vermutete, um dir zu sagen, daß Guntram gefallen ist, denke dir, am Tag nach seiner Ankunft beim Heer. Er wurde gleich eingestellt und führte eine Patrouille so tollkühn und unnütz vor, daß ihn eine Stückkugel zerriß, nicht mehr nicht weniger als den weiland Marschall Turenne. Stelle dir vor, Fagon: der Junge hatte noch nicht sein sechzehntes erreicht, strebte aber aus dem Collège, wo er rasch und glücklich lernte, wachend und träumend nach der Muskete. Und dabei war er kurzsichtig, Fagon, du machst dir keinen Begriff! So kurzsichtig, daß er auf zwanzig Schritte nichts vor sich hatte als Nebel. Natürlich haben ich und alle Vernünftigen ihm den Degen ausgeredet – nutzte alles nichts, denn er ist ein Starrkopf erster Härte. Ich stritt mich mütterlich mit dem Jungen herum, aber eines schönen Tages entlief er und rannte zu deinem Vater, Julian, der eben in den Wagen stieg, um sein niederländisches Kommando zu übernehmen. Dieser befragte das Kind, wie er mir jetzt selbst geschrieben hat, ob es unter einem väterlichen Willen stünde, und als der Junge verneinte, ließ ihn der Marschall in seinem Reisezuge mitreiten. Nun fault der kecke Bube dortüben‹ – sie wies nördlich – ›in einem belgischen Weiler. Aber die schmalen Erbteile seiner fünf Schwestern haben sich ein bißchen gebessert.‹

Ich las auf dem Gesichte Julians, wie tief und verschiedenartig ihn der Tod seines Gespielen bewegte. jenen hatte der Marschall in den Krieg genommen und sein eigenes Kind auf einer ekeln Schulbank sitzen lassen. Doch der Knabe glaubte so blindlings an die Gerechtigkeit seines Vaters, auch wenn er sie nicht begriff, daß die Wolke rasch über die junge Stirn wegglitt und einem deutlichen Ausdruck der Freude Raum gab.

›Du lachst, Julian?‹ schrie die Alte entsetzt.

›Ich denke‹, sagte dieser bedächtig, als kostete er jedes Wort auf der Zunge, ›der Tod für den König ist in allen Fällen ein Glück.‹

Diese ritterliche, aber nicht lebenslustige Maxime und der unnatürlich glückliche Ton, in welchem der Knabe sie aussprach, beelendete die gute Gräfin. Ein halbverschluckter Seufzer bezeugte, daß sie das Leiden des Knaben und seine Mühe zu leben wohl verstand. ›Begleite Mirabellen, Julian‹, sagte sie, ›und geht uns voraus, dorthin nach den Palmen, nicht zu nahe, denn ich habe mit Fagon zu reden, nicht zu fern, damit ich euch hüte.‹

›Wie schlank sie schreiten!‹ flüsterte die Alte hinter den sich Entfernenden. ›Adam und Eva! Lache nicht, Fagon! Ob das Mädchen Puder und Reifrock trägt, wandeln sie doch im Paradiese, und auch unschuldig sind sie, weil eine leidenvolle Jugend auf ihnen liegt und sie die reine Liebe empfinden läßt, ohne den Stachel ihrer Jahre. Mich beleidigt nicht, was mir sonst mißfällt, daß das Mädel ein paar Jahre und Zolle‹ – sie übertrieb – ›mehr hat als der Junge. Wenn *die* nicht zusammengehören!

Es ist eine lächerliche Sache mit dem Mädchen, Fagon, und ich sah, wie es dich verblüffte, da du von dem schönen Kinde so geschmacklos angeredet wurdest. Und doch ist dieser garstige Höcker ganz natürlich gewachsen. Meine Schwester, die Vicomtesse, Gott habe sie selig, sie war eine Kostbare, eine Preziöse, die sich um ein halbes Jahrhundert verspätet hatte, und erzog das Mädchen in Dijon, wo ihr Mann dem Parlamente und sie selbst einem poetischen Garten vorsaß, mit den Umschreibungen und Redensarten des weiland Fräuleins von Scudéry. Es gelang ihr, dem armen folgsamen Kinde den Geschmack gründlich zu verderben. Ich wette‹ – und sie wies mit ihrer Krücke auf die zweie, welche, aus den sich einander zärtlich, aber bescheiden zuneigenden Gestalten zu schließen, einen seligen Augenblick genossen – ›jetzt plaudert sie ganz harmlos mit dem Knaben, denn sie hat eine einfache Seele und ein keusches Gemüt. Die Luft, die sie aushaucht, ist reiner als die, welche sie einatmet. Aber geht sie dann morgen mit mir in Gesellschaft und kommt neben ein großes Tier, einen Erzbischof oder

Herzog, zu sitzen, wird sie von einer tödlichen Furcht befallen, für albern oder nichtig zu gelten, und behängt ihre blanke Natur aus reiner Angst mit dem Lumpen einer geflickten Phrase. So wird die Liebliche unter uns, die wir klar und kurz reden, gerade zu dem, was sie fürchtet, zu einer lächerlichen Figur. Ist das ein Jammer, und werde ich Mühe haben, das Kind zurechtzubringen! Und der Julian, der dumme Kerl, der sie noch darin bestärkt!‹

›Uff!‹ keuchte die Gräfin, die das Gehen an der Krücke ermüdete, und ließ sich schwer auf die Steinbank nieder in dem Rondell von Myrten und Lorbeeren, wo, Sire, Eure Büste steht.

›Von dem Knaben zu reden, Fagon‹, begann sie wieder, ›den mußt du mir ohne Verzug von der Schulbank losmachen. Es war empörend, ich sage dir, empörend, Fagon, ihn unter den Jungen sitzen zu sehen. Der Marschall, dieser schreckliche Pedant, würde ihn bei den Jesuiten verschimmeln lassen! Nur damit er seine Klassen beendige! Bei den Jesuiten, Fagon! Ich habe dem Père Amiel auf den Zahn gefühlt. Ich kitzelte ihn mit seiner Mimik. Er ist ein eitler Esel, aber er hat Gemüt. Er beklagte den Julian und ließ dabei einfließen, sehr behutsam, doch deutlich genug: der Knabe wäre bei den Vätern schlecht aufgehoben. Diese seien die besten Leute von der Welt, nur etwas empfindlich, und man dürfe sie nicht reizen. Der Marschall sei ihnen auf die Füße getreten: der neue Studienpräfekt aber lasse mit der Ehre des Ordens nicht spaßen und gebe dem Kinde die Schuld des Vaters zu kosten. Dann erschrak er über seine Aufrichtigkeit, blickte um sich und legte den Finger auf den Mund.

Ich nahm die Knaben mit: den Guntram, unsern Julian, der mit ihm irgendein Geheimnis hatte, und noch einen dritten Freund, den Victor Argenson, diesen zu meiner eigenen Ergötzung, denn er ist voller Mutwille und Gelächter.

An jenem Abend trieb er es zu toll. Er und Guntram quälten Mirabellen, die ich schon zu Mittag für eine ellenlange Phrase gezankt hatte, bis aufs Blut. »Schön ausgedrückt, Fräulein Mirobolante«, spotteten sie, »aber noch immer nicht schön genug! Noch eine Note höher!« und so fort. Julian verteidigte das Mädchen, so gut er konnte, und vermehrte nur das Gelächter. Plötzlich brach die Mißhandelte in strömende Tränen aus und ich trieb die Rangen in den großen Saal, wo ich mit ihnen ein Ballspiel begann. Nach einer Weile Julian und Mirabellen suchend, fand ich sie im Garten, wo sie auf einer stillen

Bank zusammensaßen: Amor und Psyche. Sie erröteten, da ich sie überraschte, nicht allzusehr.

Merke dir's, Fagon, der Julian ist jetzt mein Adoptivkind, und wenn du ihn nicht von den Vätern befreiest und ihm ein mögliches Leben verschaffst, meiner Treu! dann stelze ich an dieser Krücke nach Versailles und bringe trotz meiner Runzeln die Sache an den hier!‹ und sie wies auf deine lorbeerbekränzte Büste, Majestät.

279 Die Alte plauderte mir noch hundert Dinge vor, während ich beschloß, sobald sie sich verabschiedet hätte, mit dem Knaben ein gründliches Wort zu reden.

Er und das Mädchen erschienen dann wieder, still strahlend. Der Wagen der Gräfin wurde gemeldet, und Julian begleitete die Frauen an die Pforte, während ich meine Lieblingsbank vor der Orangerie aufsuchte. Ich labte mich an dem feinen Dufte. Mouton, einen lästerlichen Knaster dampfend und die Hände in den Taschen, schlenderte ohne Gruß an mir vorüber. Er pflegte seine Abende außerhalb des Gartens in einer Schenke zu beschließen. Mouton der Pudel dagegen empfahl sich mir heftig wedelnd. Ich bin gewiß, das kluge Tier erriet, daß ich seinen Meister gern dem Untergang entrissen hätte, denn Mouton der Mensch soff gebranntes Wasser, was zu berichten ich vergessen oder vor der Majestät mich geschämt habe.

Der Knabe kam zurück, weich und glücklich. ›Laß mich einmal sehen, was du zeichnest und malst‹, sagte ich. ›Es liegt ja wohl alles auf der Kammer Moutons.‹ Er willfahrte und brachte mir eine volle Mappe. Ich besah Blatt um Blatt. Seltsamer Anblick, diese Mischung zweier ungleichen Hände: Moutons freche Würfe von der bescheidenen Hand des Knaben nachgestammelt und – leise geadelt! Lange hielt ich einen blauen Bogen, worauf Julian einige von Mouton in verschiedenen Flügelstellungen mit Hilfe der Lupe gezeichnete Bienen unglaublich sorgfältig wiedergegeben. Offenbar hatte der Knabe die Gestalt des Tierchens liebgewonnen. Wer mir gesagt hätte, daß die Zeichnung eines Bienchens den Knaben töten würde!

Zuunterst in der Mappe lag noch ein unförmlicher Fetzen, worauf Mouton etwas gesudelt hatte, was meine Neugierde fesselte. ›Das ist nicht von mir‹, sagte Julian, ›es hat sich angehängt.‹ Ich studierte das Blatt, welches die wunderliche Parodie einer ovidischen Szene enthielt: jener, wo Pentheus rennt, von den Mänaden gejagt, und Bacchus, der grausame Gott, um den Flüchtenden zu verderben, ein senkrechtes

Gebirge vor ihm in die Höhe wachsen läßt. Wahrscheinlich hatte Mouton den Knaben, der zuweilen seinen Aufgaben in der Malkammer oblag, die Verse Ovids mühselig genug übersetzen hören und daraus seinen Stoff geschöpft. Ein Jüngling, unverkennbar Julian in allen seinen Körperformen, welche Moutons Malerauge leichtlich besser kannte als der Knabe selbst, ein schlanker Renner, floh, den Kopf mit einem Ausdrucke tödlicher Angst nach ein paar ihm nachjagenden Gespenstern umgewendet. Keine Bacchantinnen, Weiber ohne Alter, verkörperte Vorstellungen, Ängstigungen, folternde Gedanken – eines dieser Scheusale trug einen langen Jesuitenhut auf dem geschorenen Schädel und einen Folianten in der Hand – und erst die Felswand, wüst und unerklimmbar, die vor dem Blicke zu wachsen schien, wie ein finsteres Schicksal!

Ich sah den Knaben an. Dieser betrachtete das Blatt ohne Widerwillen, ohne eine Ahnung seiner möglichen Bedeutung. Auch Mouton mochte sich nicht klargemacht haben, welches schlimme Omen er in genialer Dumpfheit auf das Blatt hingeträumt hatte. Ich steckte dasselbe unwillkürlich, um es zu verbergen, in die Mitte der Blätterschicht, bevor ich diese in die Mappe schob.

›Julian‹, begann ich freundlich, ›ich beklage mich bei dir, daß du mir Mouton vorgezogen hast, ihn zu deinem Vertrauten machend, während du dich gegen mein Wohlwollen, das du kennst, in ein unbegreifliches Schweigen verschlossest. Fürchtest du dich, mir dein Unglück zu sagen, weil ich imstande bin, dasselbe klar zu begrenzen und richtig zu beurteilen, und du vorziehst, in hoffnungslosem Brüten dich zu verzehren? Das ist nicht mutig.‹

Julian verzog schmerzlich die Brauen. Aber noch einmal spielte ein Strahl der heute genossenen Seligkeit über sein Antlitz. ›Herr Fagon‹, sagte er halb lächelnd, ›eigentlich habe ich meinen Gram nur dem *Pudel* Mouton erzählt.‹

Dieses artige Wort, welches ich ihm nicht zugetraut hätte, überraschte mich. Der Knabe deutete meine erstaune Miene falsch. Er glaubte sich mißredet zu haben. ›Fraget mich, Herr Fagon‹, sagte er, ›ich antworte Euch die Wahrheit.‹

›Du hast Mühe zu leben?‹

›Ja, Herr Fagon.‹

›Man hält dich für beschränkt und du bist es auch, doch vielleicht anders, als die Leute meinen.‹ Das harte Wort war gesprochen.

Der Knabe versenkte den Blondkopf in die Hände und brach in schweigende Tränen aus, welche ich erst bemerkte, da sie zwischen seinen Fingern rannen. Nun war der Bann gebrochen.

›Ich will Euch meine Kümmernis erzählen, Herr Fagon‹, schluchzte er, das Antlitz erhebend.

›Tue das, mein Kind, und sei gewiß, daß ich dich jetzt, da wir Freunde sind, verteidigen werde wie mich selbst. Niemand wird dir künftig etwas anhaben, weder du noch ein anderer! Du wirst dich wieder an Luft und Sonne freuen und dein Tagewerk ohne Grauen beginnen.‹

Der Knabe glaubte an mich und faßte mit hoffenden Augen Vertrauen. Dann begann er sein Leid zu erzählen, halb schon wie ein vergangenes:

›Einen schlimmen Tag habe ich gelebt und die übrigen waren nicht viel besser. Es war an einem Herbsttage, daß ich mit Guntram zu seinem Ohm, dem Komtur, nach Compiègne fuhr. Wir wollten uns dort im Schießen üben, für uns beide ein neues Vergnügen und eine Probe unserer Augen.

Wir hatten ein leichtes Zweigespann, und Guntram unterhielt mich in einer Staubwolke von seiner Zukunft. Diese könne nur eine militärische sein. Zu anderem habe er keine Lust. Der Komtur empfing uns weitläufig, aber Guntram hielt nicht Ruhe, bis wir auf Distanz vor der Scheibe standen. Keinen einzigen Schuß brachte er hinein. Denn er ist kurzsichtig wie niemand. Er biß sich in die Lippe und regte sich schrecklich auf. Dadurch wurde auch seine Hand unsicher, während ich ins Schwarze traf, weil ich sah und zielte. Der Komtur wurde abgerufen und Guntram schickte den Bedienten nach Wein. Er leerte einige Gläser und seine Hand fing an zu zittern. Mit hervorquellenden Augen und verzerrtem Gesichte schleuderte er seine Pistole auf den Rasen, hob sie dann wieder auf, lud sie, lud auch die meinige und verlor sich mit mir in das Dickicht des Parkes.

Auf einer Lichtung hob er die eine und bot mir die andere. »Ich mache ein Ende!« schrie er verzweifelt. »Ich bin ein Blinder und die taugen nicht ins Feld, und wenn ich nicht ins Feld tauge, will ich nicht leben! Du begleitest mich! Auch du taugst nicht ins Leben, obwohl du beneidenswert schießest, denn du bist der größte Dummkopf, das Gespötte der Welt!« »Und Gott?« fragte ich. »Ein hübscher Gott«, hohnlachte er und zeigte dem Himmel die Faust, »der mir Kriegslust und Blindheit und dir einen Körper ohne Geist gegeben hat!« Wir rangen, ich entwaffnete ihn und er schlug sich in die Büsche.

Seit jenem Tage war ich ein Unglücklicher, denn Guntram hatte ausgesprochen, was ich wußte, aber mir selbst verhehlte, so gut es gehen wollte. Stets hörte ich das Wort Dummkopf hinter mir flüstern, auf der Straße wie in der Schule, und meine Ohren schärften sich das grausame Wort zu vernehmen. Es mag auch sein, daß meine Mitschüler, über welche ich sonst nicht zu klagen habe, wenn sie sich außer dem Bereiche meines Ohres glauben, kürzehalber mich so nennen. Sogar das Semmelweib mit den verschmitzten Runzeln, die Lisette, welche vor dem Collège ihre Ware vertreibt, sucht mich zu betrügen, oft recht plump, und glaubt es zu dürfen, weil sie mich einen Dummen nennen hört. Und doch hangt an der Mauer des Collège Gott der Heiland, der in die Welt gekommen ist, um Gerechtigkeit gegen alle und Milde gegen die Schwachen zu lehren.‹ Er schwieg und schien nachzudenken.

Dann fuhr er fort: ›Ich will mich nicht besser machen, Herr Fagon, als ich bin. Auch ich habe meine bösen Stunden. Bei keinem Spiele würde ich Sonne und Schatten ungerecht verteilen, und wie kann Gott bei dem irdischen Wettspiel einem einzelnen Bleigewichte anhängen und ihm dann zurufen: Dort ist das Ziel: lauf mit den andern! Oft, Herr Fagon, habe ich vor dem Einschlafen die Hände gefaltet und den lieben Gott brünstig angefleht, er möge, was ich eben mühselig erlernt, während des Schlafes in meinem Kopfe wachsen und erstarken lassen, was ja die bloße Natur den andern gewährt. Ich wachte auf und hatte alles vergessen und die Sonne erschreckte mich.

Vielleicht‹, flüsterte er scheu, ›tue ich dem lieben Gott Unrecht. Er hülfe gern, gütig wie er ist, aber er hat wohl nicht immer die Macht. Wäre das nicht möglich, Herr Fagon? Wurde es dann allzu arg, besuchte mich die Mutter im Traum und sagte mir: »Halt aus, Julian! Es wird noch gut!«‹

Diese unglaublichen Nativitäten und kindischen Widersprüche zwangen mich zu einem Lächeln, welches ein Grinsen sein mochte. Der Knabe erschrak über sich selbst und über mich. Dann sagte er, als hätte er schon zu lange gesprochen, hastig, nicht ohne einige Bitterkeit, denn die Zuversicht hatte ihn im Laufe seiner Erzählung wieder verlassen: ›Nun weiß jedermann, daß ich dumm bin, selbst der König, und diesem hätte ich es so gerne verheimlicht‹ – Julian mochte auf jenen Marly anspielen – ›einzig meinen Vater ausgenommen, der nicht daran glauben will.‹

›Mein Sohn‹, sagte ich und legte die Hand auf seine schlanke Schulter, ›ich philosophiere nicht mit dir. Willst du mir aber glauben, so trage ich dich durch die Wellen. Wie du bist, ich werde dich in den Port bringen. Zwar du wirst trotz deines schönen Namens kein Heer und keine Flotte führen, aber du wirst auch keine Schlacht leichtsinnig verlieren zum Schaden deines Königs und deines Vaterlandes. Dein Name wird nicht wie der deines Vaters in unsern Annalen stehen, aber im Buche der Gerechten, denn du kennst die erste Seligpreisung, daß das Himmelreich den Armen im Geiste gehört.

Merk auf! Der erste Punkt ist: du gehst ins Feld und kämpfst in unsern Reihen für den König und das jetzt so schwer bedrohte Frankreich. Im Kugelregen wirst du erfahren, ob du leben darfst. Daß du bald hineinkommst, dafür sorge ich. Du bleibst oder du kehrst heim mit dem Selbstvertrauen eines Braven. Ohne Selbstvertrauen kein Mann! Niemand wird dir leicht ins Angesicht spotten. Dann wirst du ein einfacher Diener deines Königs und erfüllst deine Pflicht aufs strengste, wie es in dir liegt. Du hast Ehre und Treue, und deren bedarf die Majestät. Unter denen, die sie umgeben, ist kein Überfluß daran. Marstall, Jagd oder Wache, ein Dienst wird sich finden, wie du ihn zu verrichten verstehst. Deine Geburt wird dich statt des eigenen Verdienstes vor andern begünstigen: das mache dich demütig. Die Majestät, wenn sie sich im Rate müde gearbeitet hat, liebt es, ein zwangloses Wort an einen Schweigsamen und unbedingt Getreuen zu richten. Du bist zu einfach, um dich in eine Intrige zu mischen; dafür wird dich keine Intrige zugrunde richten. Man wird, wie die Welt ist, hinter deinem Rücken höhnen und spotten, aber du blickst nicht um. Du wirst gütig und gerecht sein mit deinen Knechten und keinen Tag beendigen ohne eine Wohltat. Im übrigen: verzichte!‹

Der Knabe blickte mich mit gläubigen Augen an. ›Das sind Worte des Evangeliums‹, sagte er.

›Verzichtet nicht jedermann‹, scherzte ich, ›selbst deine Gönnerin, Frau von Maintenon, selbst der König auf einen Schmuck oder eine Provinz? Habe ich, Fagon, nicht ebenfalls verzichtet, vielleicht bitterer als du, wenn auch auf meine eigene Weise? Verwaist, arm, mit einem elenden Körper, der sich gerade in deinen Jahren von Tag zu Tag verwuchs und verbog, habe ich nicht eine strenge Muse gewählt, die

Wissenschaft? Glaubst du, ich hatte kein Herz, keine Sinne? Ein zärtliches Herzchen, Julian! – und entsagte ein für allemal dem größten Reiz des Daseins, der Liebe, welche deinem schlanken Wuchse und deinem leeren Blondkopf nur so angeworfen wird!«« Fagon trug, was ihn vielleicht in seiner Jugend schwer bedrängt hatte, mit einem so komischen Pathos vor, daß es den König belustigte und der Marquise schmeichelte.

»Ich begleitete Julian bis an die Pforte und zog ihn mit Mirabellen auf. ›Ihr habt rasch gemacht‹, sagte ich. ›Es ist so gekommen‹, antwortete er unbefangen. ›Man hat sie mit dem Geiste gequält, sie weinte und da faßte ich ein Vertrauen. Auch gleicht sie meiner Mutter.‹

Eine Arie aus irgendeiner verschollenen Oper meiner Jugendzeit trällernd, die einzige, deren ich mächtig bin, kehrte ich zu meiner Bank vor der Orangerie zurück. Er muß gleich ins Feld, sagte ich mir. Wenig fehlte, ich schlug ihm vor: ohne weiteres eines meiner Rosse zu satteln und stracks an die Grenze zum Heere zu jagen; aber dieser kühne Ungehorsam hätte den Knaben nicht gekleidet. Überdies wußte man, daß der Marschall für einmal nur die Grenzen sicherte und die Festungen in Flandern instand setzte, um vor einer entscheidenden Schlacht nach Versailles zurückzukehren und die endgültigen Befehle Deiner Majestät zu empfangen. Dann wollte ich ihn fassen.

Als ich, die liegengebliebene Mappe noch einmal öffnend, den Inhalt zurechtschüttelte, da, siehe! lag der Pentheus mit der grausigen Felswand obenauf, den ich geschworen hätte in die Mitte der Blätter geschoben zu haben …

Wenig später begab es sich, daß Mouton der Pudel in dem Gedränge der Rue Saint-Honoré seinen Herrn suchend verkarrt wurde. Er schläft in deinem Garten, Majestät, wo ihn Mouton der Mensch unter einer Katalpa beerdigte und mit seinem Taschenmesser in die Rinde des Baumes schnitt: ›II Moutons‹.

Und wirklich lag er bald neben seinem Pudel. Es war Zeit. Der Trunk hatte ihn unterhöhlt, und sein Verstand begann zu schwanken. Ich beobachtete ihn mitunter aus meinem Bibliothekfenster, wie er in seiner Kammer vor der Staffelei saß und nicht nur vernehmlich mit dem Geiste seines Pudels plauderte, sondern auch mit hündischer Miene gähnte oder schnellen Maules nach Fliegen schnappte, ganz in der Art seines abgeschiedenen Freundes. Eine Wassersucht zog ihn danieder. Es ging rasch und als ich eines Tages an sein Lager trat, in der Hand einen Löffel voll Medizin, drehte er seinem Wohltäter mit einem unaussprechlichen Worte den Rücken, kehrte das Gesicht gegen die Wand und war fertig.

Es begab sich ferner, daß der Marschall aus dem Felde nach Versailles zurückkehrte. Da sein Aufenthalt kein langer sein konnte, ergriff ich den Augenblick. Ich war entschlossen, Julian an der Hand vor ihn zu treten und ihm die ganze Wahrheit zu sagen.

Ich fuhr bei den Jesuiten vor. In der Nähe der Hauptpforte hielt das von den Dienern kaum gebändigte feurige Viergespann des Marschalls, Julian erwartend, um den Knaben rasch nach Versailles zu bringen. Das Tor des Jesuitenhauses öffnete sich und Julian wankte heraus, in welchem Zustande! Das Haupt vorfallend, den Rücken gebrochen, die Gestalt geknickt, auf unsichern Füßen, den Blick erloschen, während die Augen Victor Argensons, welcher den Freund führte, loderten wie Fackeln. Die verblüfften Diener in ihren reichen Livreen beeiferten sich, ihren jungen Herrn rasch und behutsam in den Wagen zu heben. Ich sprang aus dem meinigen, den Knaben von einer tückischen Seuche ergriffen glaubend.

›Um Gottes willen, Julian‹, schrie ich, ›was ist mit dir?‹ Keine Antwort. Der Knabe starrte mich mit abwesendem Geiste an. Ich weiß nicht, ob er mich kannte. Ich begriff, daß der sonst schon Verschlossene jetzt nicht reden werde, und da überdies der Stallmeister drängte: ›Hinein, Herr, oder zurück!‹ denn die ungeduldigen Rosse bäumten sich, so ließ ich das Kind fahren, mir versprechend, ihm bald nach Versailles zu folgen. Schon hatte sich um die aufregende Szene vor dem Jesuitenhause ein Zusammenlauf gebildet, dessen Neugierde ich zu entrinnen wünschte, und Victor erblickend, welcher mit leidenschaftlicher Gebärde dem im Sturm davongetragenen Gespielen nachrief. ›Mut, Julian! Ich werde dich rächen!‹ stieß ich den Knaben vor mich in meinen Wagen und stieg ihm nach. ›Wohin, Herr?‹ fragte mein Kutscher. Bevor ich antwortete, schrie das geistesgegenwärtige Kind: ›Ins Kloster Faubourg Saint-Antoine!‹

In dem genannten Kloster hat sich, wie Ihr wisset, Sire, Euer Ideal von Polizeiminister einen stillen Winkel eingerichtet, wo er nicht überlaufen wird und heimlich für die öffentliche Sicherheit von Paris sorgen kann. ›Victor‹, fragte ich durch das Geräusch der Räder, ›was ist? was hat sich begeben?‹

›Ein riesiges Unrecht!‹ wütete der Knabe. ›Père Tellier, der Wolf, hat Julian mit Riemen gezüchtigt und er ist unschuldig! Ich bin der Anstifter! Ich bin der Täter! Aber ich will dem Julian Gerechtigkeit verschaffen, ich fordere den Pater auf Pistolen!‹ Diese Absurdität, mit dem Geständnisse Victors, das Unglück verschuldet zu haben, brachte mich dergestalt auf, daß ich ihm ohne weiteres eine salzige Ohrfeige zog. ›Sehr gut!‹ sagte er. ›Kutscher, du schleichst wie eine Schnecke!‹ Er steckte ihm sein volles Beutelchen zu. ›Rasch! peitsche! jage! Herr Fagon, seid gewiß, der Vater wird dem Julian Gerechtigkeit verschaffen! 286 Oh, er kennt die Jesuiten, diese Schurken, diese Schufte, und ihre schmutzige Wäsche! Ihn aber fürchten sie wie den Teufel!‹ Ich hielt es für unnötig, das rasende Kind weiter zu fragen, da er ja seine Beichte vor dem Vater ablegen würde, und die fliegenden Rosse schon das schlechte Pflaster der Vorstadt mit ihren Hufen schlugen, daß die Funken spritzten. Wir waren angelangt und wurden sogleich vorgelassen.

Argenson blätterte in einem Aktenstoß. ›Wir überfallen, Argenson!‹ entschuldigte ich.

›Nicht, nicht, Fagon‹, antwortete er mir die Hand schüttelnd und rückte mir einen Stuhl. ›Was ist denn mit dem Jungen? Er glüht ja wie ein Ofen,‹ ›Vater –‹ ›Halt das Maul! Herr Fagon redet.‹

›Argenson‹, begann ich, ›ein schwerer Unfall, vielleicht ein großes Unglück hat sich zugetragen. Julian Boufflers‹ – ich blickte den Minister fragend an – ›Weiß von dem armen Knaben‹, sagte er – ›wurde bei den Jesuiten geschlagen und der Knabe fuhr nach Versailles in einem Zustande, der, wenn ich richtig sah, der Anfang einer gefährlichen Krankheit ist. Victor kennt den Hergang.‹

›Erzähle!‹ gebot der Vater. ›Klar, ruhig, umständlich. Auch der kleinste Punkt ist wichtig. Und lüge nicht!‹

›Lügen?‹ rief der empörte Knabe, ›werde ich da lügen, wo nur die Wahrheit hilft? Diese Schufte, die Jesuiten –‹

›Die Tatsachen!‹ befahl der Minister mit einer Rhadamanthusmiene. Victor nahm sich zusammen und erzählte mit erstaunlicher Klarheit.

›Es war vor der Rhetorik des Père Amiel und wir steckten die Köpfe zusammen, welchen Possen wir dem Nasigen spielen würden. »Etwas Neues!« rief man von allen Seiten, »etwas noch nicht Dagewesenes! eine Erfindung!« Da fiel uns ein –‹

›Da fiel *mir* ein‹, verbesserte der Vater.

›– mir ein, Julian, der so hübsch zeichnet, zu bitten, uns etwas mit der Kreide an die schwarze Tafel zu malen. Ich legte ihm, der auf seiner Bank über den Büchern saß, eine Lektion einlernend – er lernt so unglaublich schwer – den Arm um den Hals. »Zeichne uns etwas!« schmeichelte ich. »Ein Rhinozeros!« Er schüttelte den Kopf. »Ich merke«, sagte er, »ihr wollt damit nur den guten Pater ärgern, und da tue ich nicht mit. Es ist eine Grausamkeit. Ich zeichne euch keine Nase!«

»Aber einen Schnabel, eine Schleiereule, du machst die Eulen so komisch!«

»Auch keinen Schnabel, Victor.«

Da sann ich ein wenig und hatte einen Einfall.‹ Der Minister runzelte seine pechschwarze Braue. Victor fuhr mit dem Mute der Verzweiflung fort: ›»Zeichne uns ein Bienchen, Julian«, sagte ich, »du kannst das so allerliebst!« »Warum nicht?« antwortete er dienstfertig und zeichnete mit sorgfältigen Zügen ein nettes Bienchen auf die Tafel.

»Schreibe etwas bei!«

»Nun ja, wenn du willst«, sagte er und schrieb mit der Kreide: »abeille.«

»Ach, du hast doch gar keine Einbildungskraft, Julian! Das lautet trocken.«

»Wie soll ich denn schreiben, Victor?«

»Wenigstens das Honigtierchen, bête à miel.«‹

Der Minister begriff sofort das alberne Wortspiel: bête à miel und bête Amiel. ›Da hast du etwas dafür!‹ rief er empört und gab dem Erfinder des Calembourgs eine Ohrfeige, gegen welche die meinige eine Liebkosung gewesen war.

›Sehr gut!‹ sagte der Knabe, dem das Ohr blutete.

›Weiter! und mach es kurz!‹ befahl der Vater, ›damit du mir aus den Augen kommst!‹

›– In diesem Augenblick trat Père Amiel ein, schritt auf und nieder, beschnüffelte die Tafel, verstand und tat dergleichen, der Schäker, als ob er nicht verstünde. Aber: »Bête Amiel! dummer Amiel!« scholl es erst vereinzelt, dann aus mehreren Bänken, dann vollstimmig, »bête Amiel! dummer Amiel!«

Da – Schrecken – wurde die Tür aufgerissen. Es war der reißende Wolf, der Père Tellier. Er hatte durch die Korridore spioniert und zeigte jetzt seine teuflische Fratze.

»Wer hat das gezeichnet?«

»Ich«, antwortete Julian fest. Er hatte sich die Ohren verhalten, seine Lektion zu studieren fortfahrend, und verstand und begriff, wie er ja überhaupt so schwer begreift, nichts von nichts.

»Wer hat das geschrieben?«

»Ich«, sagte Julian.

Der Wolf tat einen Sprung gegen ihn, riß den Verblüfften empor, preßte ihn an sich, ergriff einen Bücherriemen und –‹ Dem Erzählenden versagte das Wort.

›Und du hast geschwiegen, elende Memme?‹ donnerte der Minister. ›Ich verachte dich! Du bist ein Lump!‹

›Geschrieen habe ich wie einer, den sie morden‹, rief der Knabe, ›»ich war es! ich! ich!« Auch Père Amiel hat sich an den Wolf geklammert, die Unschuld Julians beteuernd. Er hörte es wohl, der Wolf! Aber mir krümmte er kein Haar, weil ich dein Sohn bin und dich die Jesuiten fürchten und achten. Den Marschall aber hassen sie und fürchten ihn nicht. Da mußte der Julian herhalten. Aber ich will dem Wolf mein Messer‹ – der Knabe langte in die Tasche – ›zwischen die Rippen stoßen, wenn er nicht –‹

Der gestrenge Vater ergriff ihn am Kragen, schleppte ihn gegen die Türe, öffnete sie, warf ihn hinaus und riegelte. Im nächsten Augenblicke schon wurde draußen mit Fäusten gehämmert und der Knabe schrie: ›Ich gehe mit zum Père Tellier! Ich trete als Zeuge auf und sage ihm: Du bist ein Ungeheuer!‹

›Im Grunde, Fagon‹, wendete sich der Minister kaltblütig gegen mich, ohne sich an das Gepolter zu kehren, ›hat der Junge recht: wir beide suchen den Pater auf, ohne Verzug, fallen ihn mit der nackten Wahrheit an, breiten sie wie auf ein Tuch vor ihm aus und nötigen ihn mit uns zu Julian zu gehen, heute noch, sogleich, und in unsrer Gegenwart dem Mißhandelten Abbitte zu tun.‹ Er blickte nach einer Stockuhr. ›Halb zwölf. Père Tellier hält seine Bauerzeiten fest. Er speist Punkt Mittag mit Schwarzbrot und Käse. Wir finden ihn.‹

Argenson zog mich mit sich fort. Wir stiegen ein und rollten.

›Ich kenne den Knaben‹, wiederholte der Minister. ›Nur eines ist mir in seiner Geschichte unklar. Es ist Tatsache, daß die Väter damit anfingen, ihn zu hätscheln und in Baumwolle einzuwickeln. Seine Kameraden, auch mein Halunke, haben sich oft darüber aufgehalten. Ich begreife, daß die Väter, wie sie beschaffen sind, das Kind hassen, seit der Marschall das Mißgeschick hatte, sie zu entlarven. Aber warum sie, denen der Marschall gleichgültig war, einen Vorteil darin fanden, das Kind zuerst über die dem Schwachen gebührende Schonung hinaus zu begünstigen, das entgeht mir.‹

›Hm‹, machte ich.

›Und gerade das muß ich wissen, Fagon.‹

›Nun denn, Argenson‹, begann ich mein Bekenntnis – auch dir, Majestät, lege ich es ab, denn dich zumeist habe ich beleidigt – ›da ich Julian bei den Vätern um jeden Preis warm betten wollte und ihm keine durchschlagende Empfehlung wußte – man plaudert ja zuweilen ein bißchen, und so erzählte ich den Vätern Rapin und Bouhours, die ich in einer Damengesellschaft fand, Julians Mutter sei dir, dem Könige, eine angenehme Erscheinung gewesen. Die reine Wahrheit. Kein Wort darüber hinaus, bei meiner Ehre, Argenson!‹ Dieser verzog das Gesicht.

Du, Majestät, zeigest mir ein finsteres und ungnädiges. Aber, Sire, trage ich die Schuld, wenn die Einbildungskraft der Väter Jesuiten das Reinste ins Zweideutige umarbeitet?

›Als sie dann‹, fuhr ich fort, ›den Marschall zu hassen und sich für ihn zu interessieren begannen, lauschten und forschten sie nach ihrer Weise, erfuhren aber nichts, als daß Julians Mutter das reinste Geschöpf der Erde war, bevor sie der Engel wurde, der jetzt über die Erde lächelt. Leider kamen die Väter zur Überzeugung ihres Irrtums gerade, da das Kind desselben am meisten bedurft hätte.‹ Argenson nickte.«

»Fagon«, sagte der König fast strenge, »das war deine dritte und größte Freiheit. Spieltest du so leichtsinnig mit meinem Namen und dem Rufe eines von dir angebeteten Weibes, hättest du *mir* wenigstens diesen Frevel verschweigen sollen, selbst wenn deine Geschichte dadurch unverständlicher geworden wäre. Und sage mir, Fagon: hast du da nicht nach dem verrufenen Satze gehandelt, daß der Zweck die Mittel heilige? Bist du in den Orden getreten?«

»Wir alle sind es ein bißchen, Majestät«, lächelte Fagon und fuhr fort:

»Mitte Weges begegneten wir dem Père Amiel, der wie ein Unglücklicher umherirrte und, meinen Wagen erkennend, sich so verzweifelt gebärdete, daß ich halten ließ. Am Kutschenschlage entwickelte er seine närrische Mimik und war im Augenblicke von einem Kreise toll lachender Gassenjungen umgeben. Ich hieß ihn einsteigen.

›Der Mutter Gottes sei gedankt, daß ich Euch finde, Herr Fagon! Dem Julian, welchen Ihr beschützet, ist ein Leid geschehen, und unschuldig ist er, wie der zerschmetterte kleine Astyanax!‹ deklamierte der Nasige. ›Wenn Ihr, Herr Fagon, den seltsamen Blick gesehen hättet, welchen der Knabe gegen seinen Henker erhob, diesen Blick des Grauens und der Todesangst!‹ Père Amiel schöpfte Atem. ›Flöhe ich über Meer, mich verfolgte dieser Blick! Begrübe ich mich in einen finstern Turm, er dränge durch die Mauer! Verkröche ich mich –‹

›Wenn Ihr Euch nur nicht verkriechet, Professor‹, unterbrach ihn der Minister, ›jetzt, da es gilt, dem Père Tellier – denn zu diesem fahren wir und Ihr fahret mit – ins Angesicht Zeugnis abzulegen! Habt Ihr den Mut?‹

›Gewiß, gewiß!‹ beteuerte Père Amiel, der aber merklich erblaßte und in seiner Soutane zu schlottern begann. Père Tellier ist selbst in seinem feinen Orden als ein Roher und Gewaltsamer gefürchtet.

Da wir am Profeßhause ausstiegen, Père Amiel den Vortritt gebend, sprang Victor vom Wagenbrett, wo er neben dem Bedienten die Fahrt aufrecht mitgemacht hatte. ›Ich gehe mit!‹ trotzte er. Argenson runzelte die Stirn, ließ es aber zu, nicht unzufrieden, einen zweiten Zeugen mitzubringen.

Père Tellier verleugnete sich nicht. Argenson bedeutete den Pater und den Knaben, im Vorzimmer zurückzubleiben. Sie gehorchten, jener erleichtert, dieser unmutig. Der Pater Rektor bewohnte eine dürftige, ja armselige Kammer, wie er auch eine verbrauchte Soutane trug, Tag und Nacht dieselbe. Er empfing uns mit gekrümmtem Rücken und einem falschen Lächeln in den ungeschlachten und wilden Zügen. ›Womit diene ich meinen Herren?‹ fragte er süßlich grinsend.

›Hochwürden‹, antwortete Argenson und wies den gebotenen Stuhl, der mit Staub bedeckt war und eine zerbrochene Lehne hatte, zurück, ›ein Leben steht auf dem Spiel. Wir müssen eilen, es zu retten. Heute wurde der junge Boufflers im Kollegium irrtümlich gezüchtigt. Irrtümlich. Ein durchtriebener Range hat den beschränkten Knaben etwas auf die Tafel zeichnen und schreiben lassen, das sich zu einer albernen Verspottung des Père Amiel gestaltete, ohne daß Julian Boufflers die leiseste Ahnung hatte, wozu er mißbraucht wurde. Es ist leicht zu beweisen, daß er der einzige seiner Klasse war, der solche Possen tadelte und nach Kräften verhinderte. Hätte er den fraglichen Streich in seinem Blondkopfe ersonnen, dann war die Züchtigung eine zweifellos verdiente. So aber ist sie eine fürchterliche Ungerechtigkeit, die nicht schnell und nicht voll genug gesühnt werden kann. Dazu kommt noch etwas unendlich Schweres. Der mißverständlich Gezüchtigte, ein Kind an Geist, hatte die Seele eines Mannes. Man glaubte einen Jungen zu strafen und hat einen Edelmann mißhandelt.‹

›Ei, ei‹, erstaunte der Pater, ›was Exzellenz nicht alles sagen! Kann eine einfache Sache so verdreht werden? Ich gehe durch die Korridore. Das ist meine Pflicht. Ich höre Lärm in der Rhetorik. Père Amiel ist ein Gelehrter, der den Orden ziert, aber er weiß sich nicht in Respekt zu setzen. Unsre Väter lieben es nicht, körperlich zu züchtigen, aber das konnte nicht länger gehn, ein Exempel mußte statuiert werden. Ich trete ein. Eine Sottise steht auf der Tafel. Ich untersuche. Boufflers bekennt. Das übrige verstand sich.

Unbegabt? beschränkt? Im Gegenteil, durchtrieben ist er, ein Duckmäuser. Stille Wasser sind tief. Was ihm mangelt, ist die Aufrichtigkeit, er ist ein Heuchler und Gleisner. Hat's geschmerzt? O die zarte Haut! Ein Herrensöhnchen, wie? Tut mir leid, wir Väter Jesu kennen kein Ansehn der Person. Auch hat uns der Marschall selbst gebeten, sein Kind nicht zu verziehn. Ich war älter als jener, da ich meine letzten und besten Streiche erhielt, im Seminar, vierzig weniger einen wie Sankt Paulus, der auch ein Edelmann war. Bin ich draufgegangen? Ich rieb mir die Stelle, mit Züchten geredet, und mir war wohler als zuvor. Und ich war unschuldig, von der Unschuld dieses Verstockten aber überzeugt mich niemand!‹

›Vielleicht doch, Hochwürden!‹ sagte Argenson und rief die zwei Harrenden herein.

›Victor‹, bleckte der Jesuit den eintretenden Knaben an, ›du hast es nicht getan! Für dich stehe ich. Du bist ein gutartiges Kind. Ein Dummkopf wärest du, dich für schuldig zu erklären, den niemand anklagt!‹

Victor, der in trotzigster Haltung nahte, schaute dem Unhold tapfer ins Gesicht, aber der Mut sank ihm. Sein Herz erbebte vor der wachsenden Wildheit dieser Züge und den funkelnden Wolfsaugen.

Er machte rasch. ›Ich habe den Julian verleitet, der nichts davon verstand‹, sagte er. ›Das schrie ich Euch in die Ohren, aber Ihr wolltet nicht hören, weil Ihr ein Bösewicht seid!‹

›Genug!‹ befahl Argenson und wies ihm die Türe. Er ging nicht ungern. Er begann sich zu fürchten.

›Père Amiel‹, wandte sich der Minister gegen diesen, ›Hand aufs Herz, konnte Julian das Wortspiel erfinden?‹

Der Pater zauderte, mit einem bangen Blick auf den Rektor. ›Mut, Pater‹, flüsterte ich, ›Ihr seid ein Ehrenmann!‹

›Unmöglich, Exzellenz, wenn nicht Achill eine Memme und Thersites ein Held war!‹ beteuerte Père Amiel, sich mit seiner Rhetorik ermutigend. ›Julian ist schuldlos wie der Heiland!‹

Das erdfarbene Gesicht des Rektors verzerrte sich vor Wut. Er war gewohnt, im Kollegium blinden Gehorsam zu finden, und ertrug nicht den geringsten Widerspruch.

›Wollt Ihr kritisieren, Bruder?‹ schäumte er. ›Kritisiert zuerst Euer tolles Fratzenspiel, das Euch dem Dümmsten zum Spotte macht! Ich habe den Knaben gerecht behandelt!‹

Diese Herabwürdigung seiner Mimik brachte den Pater gänzlich außer sich und ließ ihn für einen Augenblick alle Furcht vergessen. ›Gerecht?‹ jammerte er. ›Daß Gott erbarm! Wie oft hab ich Euch gebeten, dem Unvermögen des Knaben Rechnung zu tragen und ihn nicht zu zerstören! Wer antwortete mir: »Meinethalben gehe er drauf!« wer hat das gesprochen?‹

›Mentiris impudenter!‹ heulte der Wolf.

›Mentiris impudentissime, pater reverende!‹ überschrie ihn der Nasige, an allen Gliedern zitternd.

›Mir aus den Augen!‹ herrschte der Rektor, mit dem Finger nach der Türe weisend, und der kleine Pater rettete sich, so geschwind er konnte.

Da wir wieder zu dreien waren: ›Hochwürden‹, sprach der Minister ernst, ›es wurde der Vorwurf gegen Euch erhoben, den Knaben zu hassen. Eine schwere Anklage! Widerlegt und beschämt dieselbe, indem Ihr mit uns geht und Julian Abbitte tut. Niemand wird dabei zugegen sein, als wir zwei.‹ Er deutete auf mich. ›Das genügt. Dieser Herr ist der Leibarzt des Königs und um die Gesundheit des Knaben in schwerer Sorge. Ihr entfärbet Euch? Laßt es Euch kosten und bedenket: Der, dessen Namen Ihr traget, gebietet, die Sonne nicht über einem Zorne untergehen zu lassen, wieviel weniger über einer Ungerechtigkeit!‹

Ein Unrecht bekennen und sühnen! Der Jesuit knirschte vor Ingrimm.

›Was habe ich mit dem Nazarener zu schaffen?‹ lästerte er, in verwundetem Stolze sich aufbäumend, und der Häßliche schien gegen die Decke zu wachsen wie ein Dämon. ›Ich bin der Kirche! Nein, des Ordens! … Und was habe ich mit dem Knaben zu schaffen? Nicht ihn hasse ich, sondern seinen Vater, der uns verleumdet hat! verleumdet! schändlich verleumdet!‹

›Nicht der Marschall‹, sagte ich verdutzt, ›sondern mein Laboratorium hat die Väter – verleumdet.‹

›Fälschung! Fälschung!‹ tobte der Rektor. ›Jene Briefe wurden nie geschrieben! Ein teuflischer Betrüger hat sie untergeschoben!‹ und er warf mir einen mörderischen Blick zu.

Ich war betroffen, ich gestehe es, über diese Macht und Gewalt: Tatsachen zu vernichten, Wahrheit in Lüge und Lüge in Wahrheit zu verwandeln.

Père Tellier rieb sich die eiserne Stirn. Dann veränderte er das Gesicht und beugte sich vor dem Minister halb kriechend, halb spöttisch: ›Exzellenz, ich bin Euer gehorsamer Diener, aber Ihr begreift: ich kann die Gesellschaft nicht so tief erniedrigen, einem Knaben Abbitte zu leisten.‹

Argenson wechselte den Ton nicht minder gewandt. Er stellte sich neben Tellier mit einem unmerklichen Lächeln der Verachtung in den Mundwinkeln. Der Pater bot das Ohr.

›Seid Ihr gewiß‹, wisperte der Minister, ›daß Ihr den Sohn des Marschalls gegeißelt habt, und nicht das edelste Blut Frankreichs?‹

Der Pater zuckte zusammen. ›Es ist nichts daran‹, wisperte er zurück. ›Ihr narrt mich, Argenson.‹

›Ich habe keine Gewißheit. In solchen Dingen gibt es keine. Aber die bloße Möglichkeit würde Euch als – Ihr wißt, was ich meine und wozu Ihr vorgeschlagen seid – unmöglich machen.‹

Ich glaubte zu sehen, Sire, wie Hochmut und Ehrgeiz sich in den düstern Zügen Eures Beichtvaters bekämpften, aber ich konnte den Sieger nicht erraten.

›Ich denke, ich gehe mit den Herren‹, sagte Père Tellier.

›Kommt, Pater!‹ drängte der Minister und streckte die Hand gegen ihn aus.

›Aber ich muß die Soutane wechseln. Ihr seht, diese ist geflickt, und ich könnte in Versailles der Majestät begegnen.‹ Er öffnete ein Nebenzimmer.

Argenson blickte ihm über die Schulter und sah in einen niedern Verschlag mit einem nackten Schragen und einem wurmstichigen Schreine.

›Mit Vergunst, Herren‹, lispelte der Jesuit schämig, ›ich habe mich noch nie vor weltlichen Augen umgekleidet.‹

Argenson faßte ihn an der Soutane. ›Ihr haltet Wort?‹

Père Tellier streckte drei schmutzige Finger gegen etwas Heiliges, das im Dunkel einer Ecke klebte, entschlüpfte und schloß die Tür bis auf eine kleine Spalte, welche Argenson mit der Fußspitze offenhielt.

Wir hörten den Schrank öffnen und schließen. Zwei stille Minuten verstrichen. Argenson stieß die Türe auf. Weg war Père Tellier. Hatte er der Einflüsterung Argensons nicht geglaubt und nur die Gelegenheit ergriffen, aus unserer Gegenwart zu entrinnen? Oder hatte er sie geglaubt, der eine Dämon seines Ordens aber den andern, der Stolz den Ehrgeiz überwältigt? Wer blickt in den Abgrund dieser finstern Seele?

›Meineidiger!‹ fluchte der Minister, öffnete den Schrein, erblickte eine Treppe und stürzte sich hinab. Ich stolperte und fiel mit meiner Krücke nach. Unten standen wir vor den höchlich erstaunten Mienen eines vornehmen Novizen mit den feinsten Manieren, welcher auf unsre Frage nach dem Pater bescheiden erwiderte, seines Wissens sei derselbe vor einer Viertelstunde in Geschäften nach Rouen verreist.

Argenson gab jede Verfolgung auf. ›Eher schleppte ich den Cerberus aus der Hölle, als dieses Ungeheuer nach Versailles! ... Überdies, wo ihn finden in den hundert Schlupfwinkeln der Gesellschaft? Ich gehe. Schickt nach frischen Pferden, Fagon, und eilet nach Versailles. Erzählt alles der Majestät. Sie wird Julian die Hand geben und zu ihm sprechen: Der König achtet dich, dir geschah zu viel! und der Knabe ist ungegeißelt.‹ Ich gab ihm recht. Das war das Beste, das einzig gründlich Heilsame, wenn es nicht zu spät kam.«

Fagon betrachtete den König unter seinen buschigen greisen Brauen hervor, welchen Eindruck auf diesen die ihm entgegengehaltene Larve seines Beichtigers gemacht hätte. Nicht daß er sich schmeichelte, Ludwig werde seine Wahl widerrufen. Warnen aber hatte er den König wollen vor diesem Feinde der Menschheit, der mit seinen Dämonenflügeln das Ende einer glänzenden Regierung verschatten sollte. Allein

Fagon las in den Zügen des Allerchristlichsten nichts als ein natürliches Mitleid mit dem Lose des Sohnes einer Frau, die dem Gebieter flüchtig gefallen hatte, und das Behagen an einer Erzählung, deren Wege wie die eines Gartens in einen und denselben Mittelpunkt zusammenliefen: der König, immer wieder der König!

»Weiter, Fagon«, bat die Majestät, und dieser gehorchte, gereizt und in verschärfter Laune.

»Da die Pferde vor einer Viertelstunde nicht anlangen konnten, trat ich bei einem dem Profeßhause gegenüber wohnenden Bader, meinem Klienten, ein und bestellte ein laues Bad, denn ich war angegriffen. Während das Wasser meine Lebensgeister erfrischte, machte ich mir die herbsten Vorwürfe, den mir anvertrauten Knaben vernachlässigt und seine Befreiung verschoben zu haben. Nach einer Weile störte mich durch die dünne Wand ein unmäßiges Geplauder. Zwei Mädchen aus dem untern Bürgerstande badeten nebenan. ›Ich bin so unglücklich!‹ schwatzte die eine und kramte ein dummes Liebesgeschichtchen aus, ›so unglücklich!‹ Eine Minute später kicherten sie zusammen. Während ich meine Lässigkeit verklagte und eine zentnerschwere Last auf dem Gewissen trug, schäkerten und bespritzten sich neben mir zwei leichtfertige Nymphen.

In Versailles –«

König Ludwig wendete sich jetzt gegen Dubois, den Kammerdiener der Marquise, der, leise eingetreten, flüsterte: »Die Tafel der Majestät ist gedeckt.« »Du störst, Dubois«, sagte der König, und der alte Diener zog sich zurück mit einem leisen Ausdrucke des Erstaunens in den geschulten Mienen, denn der König war die Pünktlichkeit selber.

»In Versailles«, wiederholte Fagon, »fand ich den Marschall tafelnd mit einigen seiner Standesgenossen. Da war Villars, jeder Zoll ein Prahler, ein Heros, wie man behauptet und ich nicht widerspreche, und der unverschämteste Bettler, wie du ihn kennst, Majestät; da war Villeroy, der Schlachtenverlierer, der nichtigste der Sterblichen, der von den Abfällen deiner Gnade lebt, mit seinem unzerstörlichen Dünkel und seinen großartigen Manieren; Grammont mit dem vornehmen Kopfe, der mich gestern in deinem Saale, Majestät, und an deinen Spieltischen mit gezeichneten Karten betrogen hat, und Lauzun, der unter seiner sanften Miene gründlich Verbitterte und Boshafte. Vergib, ich sah deine Höflinge verzerrt im grellen Lichte meiner Herzensangst. Auch die Gräfin Mimeure war geladen und Mirabelle,

die neben Villeroy saß, welcher dem armen Kinde mit seinen siebzig-
jährigen Geckereien angst und bange machte.

Julian war von seinem Vater zur Tafel befohlen und bleich wie der
Tod. Ich sah, wie ihn der Frost schüttelte, und betrachtete unverwandt
das Opfer mit heiliger Scheu.

Das Gespräch – gibt es beschleunigende Dämonen, die den Steigen-
den stürmisch emporheben und den Gleitenden mit grausamen Füßen
in die Tiefe stoßen? – das Gespräch wurde über die Disziplinarstrafen
im Heere geführt. Man war verschiedener Meinung. Es wurde gestrit-
ten, ob überhaupt körperlich gezüchtigt werden solle, und wenn ja,
mit welchem Gegenstande, mit Stock, Riemen oder flacher Klinge.
Der Marschall, menschlich wie er ist, entschied sich gegen jede körperliche Strafe, außer bei unbedingt entehrenden Vergehen, und
Grammont, der falsche Spieler, stimmte ihm bei, da die Ehre, wie
Boileau sage, eine Insel mit schroffen Borden sei, welche, einmal verlassen, nicht mehr erklommen werden könne. Villars gebärdete sich,
wenn ich es sagen soll, wie ein Halbnarr und erzählte, einer seiner
Grenadiere habe, wahrscheinlich ungerechterweise gezüchtigt, sich mit
einem Schusse entleibt, und er – Marschall Villars – habe in den Ta-
gesbefehl gesetzt: Lafleur hätte Ehre besessen auf seine Weise. Das
Gespräch kreuzte sich. Der Knabe folgte ihm mit irren Augen.
›Schläge‹, ›Ehre‹, ›Ehre‹, ›Streiche‹ scholl es hin- und herüber. Ich
flüsterte dem Marschall ins Ohr: ›Julian ist leidend, er soll zu Bette.‹
›Julian darf sich nicht verwöhnen‹, erwiderte er. ›Der Knabe wird sich
zusammennehmen. Auch wird die Tafel gleich aufgehoben.‹ Jetzt
wendete sich der galante Villeroy gegen seine schüchterne Nachbarin.
›Gnädiges Fräulein‹, näselte er und spreizte sich, ›sprecht und wir
werden ein Orakel vernehmen!‹ Mirabelle, schon auf Kohlen sitzend,
überdies geängstigt durch das entsetzliche Aussehen Julians, verfiel
natürlich in ihre Gewöhnung und antwortete: ›Körperliche Gewalttat
erträgt kein Untertan des stolzesten der Könige: ein so Gebrandmarkter
lebt nicht länger!‹ Villeroy klatschte Beifall und küßte ihr den Nagel
des kleinen Fingers. Ich erhob mich, faßte Julian und riß ihn weg.
Dieser Aufbruch blieb fast unbemerkt. Der Marschall mag denselben
bei seinen Gästen entschuldigt haben.

Während ich den Knaben entkleidete – er selbst kam nicht mehr
damit zustande – sagte er: ›Herr Fagon, mir ist wunderlich zumute.
Meine Sinne verwirren sich. Ich sehe Gestalten. Ich bin wohl krank.

Wenn ich stürbe –‹ Er lächelte. ›Wisset Ihr, Herr Fagon, was heute bei den Jesuiten geschehen ist? Lasset meinen Vater nichts davon wissen! nie! nie! Es würde ihn töten!‹ Ich versprach es ihm und hielt Wort, obgleich es mich kostete. Noch zur Stunde ahnt der Marschall nichts davon.

Den Kopf schon im Kissen, bot mir Julian die glühende Hand. ›Ich danke Euch, Herr Fagon … für alles … Ich bin nicht undankbar wie Mouton.‹

Deine Majestät zu bemühen, war jetzt überflüssig. In der nächsten Viertelstunde schon redete Julian irre. Prozeß und Urteil lagen in den Händen der Natur. Die Fieber wurden heftig, der Puls jagte. Ich ließ mir ein Feldbett in der geräumigen Kammer aufschlagen und blieb auf dem Posten. In das anstoßende Zimmer hatte der Marschall seine Mappen und Karten tragen lassen. Er verließ seinen Arbeitstisch stündlich, um nach dem Knaben zu sehen, welcher ihn nicht erkannte. Ich warf ihm feindselige Blicke zu. ›Fagon, was hast du gegen mich?‹ fragte er. Ich mochte ihm nur nicht antworten.

Der Knabe phantasierte viel, aber im Bereiche seines lodernden Blickes schwebten nur freundliche und aus dem Leben entschwundene Gestalten. Mouton erschien, und auch Mouton der Pudel sprang auf das Bette. Am dritten Tage saß die Mutter neben Julian.

Drei Besuche hat er erhalten. Victor kratzte an die Türe und brach, von mir eingelassen, in ein so erschütterndes Wehgeschrei aus, daß ich ihn wegschaffen mußte. Dann klopfte der Finger Mirabellens. Sie trat an das Lager Julians, der eben in einem unruhigen Halbschlummer lag, und betrachtete ihn. Sie weinte wenig, sondern drückte ihm einen brünstigen Kuß auf den dürren Mund. Julian fühlte weder den Freund noch die Geliebte.

Unversehens meldete sich auch Père Amiel, den ich nicht abwies. Da ihn der Kranke mit fremden Augen anstarrte, sprang er possierlich vor dem Bette herum und rief: ›Kennst du mich nicht mehr, Julian, deinen Père Amiel, den kleinen Amiel, den Nasen-Amiel? Sage mir nur mit einem Wörtchen, daß du mich liebhast!‹ Der Knabe blieb gleichgültig. Gibt es elysische Gefilde, denke ich dort den Père zu finden, ohne langen Hut, mit proportionierter Nase, und Hand in Hand mit ihm einen Gang durch die himmlischen Gärten zu tun.

Am vierten Abende ging der Puls rasend. Ein Gehirnschlag konnte jeden Augenblick eintreten. Ich trat hinüber zum Marschall.

›Wie steht es?‹

›Schlecht.‹

›Wird Julian leben?‹

›Nein. Sein Gehirn ist erschöpft. Der Knabe hat sich überarbeitet.‹

›Das wundert mich‹, sagte der Marschall, ›ich wußte das nicht.‹ In der Tat, ich glaube, daß er es nicht wußte. Meine Langmut war zu Ende. Ich sagte ihm schonungslos die Wahrheit und warf ihm vor, sein Kind vernachlässigt und zu dessen Tode geholfen zu haben. Das Golgatha bei den Jesuiten verschwieg ich. Der Marschall hörte mich schweigend an, den Kopf nach seiner Art etwas auf die rechte Seite geneigt. Seine Wimper zuckte und ich sah eine Träne. Endlich erkannte er sein Unrecht. Er faßte sich mit der Selbstbeherrschung des Kriegers und trat in das Krankenzimmer.

Der Vater setzte sich neben seinen Knaben, der jetzt unter dem Druck entsetzlicher Träume lag. ›Ich will ihm wenigstens‹, murmelte der Marschall, ›das Sterben erleichtern, was an mir liegt. Julian‹, sprach er in seiner bestimmten Art. Das Kind erkannte ihn.

›Julian, du mußt mir schon das Opfer bringen, deine Studien zu unterbrechen. Wir gehen miteinander zum Heere ab. Der König hat an der Grenze Verluste erlitten, und auch der Jüngste muß jetzt seine Pflicht tun.‹ Diese Rede verdoppelte die Reiselust eines Sterbenden … Einkauf von Rossen … Aufbruch … Ankunft im Lager … Eintritt in die Schlachtlinie … Das Auge leuchtete, aber die Brust begann zu röcheln. ›Die Agonie!‹ flüsterte ich dem Marschall zu.

›Dort die englische Fahne! Nimm sie!‹ befahl der Vater. Der sterbende Knabe griff in die Luft. ›Vive le roi!‹ schrie er und sank zurück wie von einer Kugel durchbohrt.«

Fagon hatte geendet und erhob sich. Die Marquise war gerührt. »Armes Kind!« seufzte der König und erhob sich gleichfalls.

»Warum arm«, fragte Fagon heiter, »da er hingegangen ist als ein Held?«

Biographie

1825   *11. Oktober:* Conrad Meyer wird in Zürich als erstes Kind des Juristen und Historikers Ferdinand Meyer und seiner Frau Elisabeth, geb. Ulrich, geboren. Er wird streng protestantisch erzogen.

1829   Der Vater wird in den Großen Rat des Kantons Zürich gewählt.

1830   Ferdinand Meyer steigt zum Regierungsrat auf.

1831   Freundschaft mit Johanna Spyri.

1832   Ferdinand Meyers scheidet aus der Regierung aus.

1833   Der Vater wird Lehrer am Gymnasium in Zürich, das Conrad Ferdinand Meyer besuchen wird.

1840   Tod des Vaters.

1843   Meyer reist nach Lausanne, wo er dort Privatstunden in Französisch und Italienisch nimmt.
Beginn der autodidaktischen historischen und literaturwissenschaftlichen Studien.
Bekanntschaft mit dem Maler Paul Deschwanden und dem Historiker Louis Vuillemin.

1844   Rückkehr nach Zürich, wo er die Reifeprüfung ablegt.
Meyer immatrikuliert sich der Mutter zuliebe an der Zürcher Universität zum Jurastudium, das er jedoch bald wieder aufgibt.

1845   Umzug mit der Mutter und der Schwester nach Stadelhofen.
Liebe zu Marie Burckhardt.

1848   Meyer bemüht sich um eine künstlerische Ausbildung, jedoch ohne Erfolg.
Autodidaktische Studien.
Der Rückzug aus sozialen Kontakten führt zur Isolation Meyers.

1852   *Sommer:* Meyer wird mit Depressionen in die Nervenheilanstalt Préfargier bei Neuenburg eingeliefert.

1853   Freundschaft mit der Oberschwester Cécile Borrel.
Nach seiner Entlassung aus der Nervenklinik geht Meyer nach Neuenburg.
März: Umsiedlung nach Lausanne, wo er u.a. als Geschichts-

lehrer im Blindeninstitut arbeitet (bis Dezember).

Enger Kontakt zu Louis Vuillemin, der ihn zur Übersetzung von Constantin Thierrys »Récits des Temps Mérovingiens« anregt, an der er bis 1855 arbeitet.

Dezember: Meyer kehrt zurück nach Zürich.

1855   Auf die Fürsprache Louis Vuillemins hin ernennt der Züricher Präsident der »Allgemeinen geschichtsforschenden Gesellschaft der Schweiz«, der Historiker Georg von Wyss, Meyer zum Sekretär der Gesellschaft.

Die Thierry-Übersetzung »Erzählungen über die Geschichte Frankreichs« erscheint (ohne Nennung des Übesetzers).

1856   Tod Antonin Mallets, eines geistig zurückgebliebenen begüterten Genfers, der von der Familie Meyer betreut worden war. Er vermacht sein Vermögen der Familie. Durch diese Erbschaft ist Meyers finanzielle Unabhängigkeit gesichert.

September: Freitod der Mutter.

1857   *März bis Juni:* Reise nach Paris.

Sommer: Zusammen mit Betsy Aufenthalt in Engelberg und Planung einer Italienreise.

Oktober: Besuch in München.

1858   *März bis Juni:* Mit Betsy Reise nach Italien, wo sie Siena, Florenz und vor allem Rom besuchen.

1859   Nach der Rückkehr arbeitet Meyer als Übersetzer in Zürich.

1860   Übersiedlung nach Lausanne, wo er sich an der Universität habilitieren möchte.

1861   Rückkehr nach Zürich.

1864   »Zwanzig Balladen von einem Schweizer« erscheinen anonym und auf Meyers eigene Kosten gedruckt.

1865   Veröffentlichung von Gedichten im »Stuttgarter Morgenblatt«. »Der Himmlische Vater, sieben Reden von Ernest Naville«, von Meyer zusammen mit der Schwester Betsy übersetzt, erscheint.

Meyer lernt den Leipziger Verleger Hermann Haessel kennen, der alle weiteren Schriften Meyers veröffentlicht und ihn als Autor in Deutschland durchsetzt.

1866   *Sommer:* Aufenthalt mit Betsy im Oberengadin und im Veltlin. Arbeit an »Georg Jenatsch«.

1867   Die »Balladen von Conrad Ferdinand Meyer«, eine unveränderte Ausgabe der Balladen von 1864 mit neuem Titel, erscheinen.

Um Verwechslungen mit einem gleichnamigen Züricher Schriftsteller zu vermeiden, nimmt er den Namen des Vaters als zweiten Vornamen an und nennt sich nun Conrad Ferdinand Meyer.

Sommeraufenthalt und Wanderungen mit Betsy im Oberengadin.

1868   *Frühjahr:* Umzug mit der Schwester nach Seehof bei Küsnacht.

1869   »Romanzen und Bilder« (Gedichte, vordatiert auf 1870).

1870   Freundschaft mit Georg von Wyss, dem Kunsthistoriker Johann Rudolf Rahn und dem Rhetoriker Adolf Calmberg sowie mit François und Eliza Wille, in deren Haus Züricher Künstler und Gelehrte verkehren.

1871   Die historische Verserzählung »Huttens letzte Tage«, eine Reverenz an die Lebensleistung eines patriotisch gesinnten Deutschen, erscheint (vordatiert auf 1872).

        Winter: Reise nach München, Innsbruck, Verona und Venedig.

1872   *März:* Übersiedlung in den Seehof in Meilen.

        »Engelberg« (Epos).

1873   »Das Amulett« (Novelle).

1874   In der Zeitschrift »Die Literatur. Wochenschrift für das nationale Geistesleben der Gegenwart« erscheint Meyers auf historischen Quellen beruhender Roman »Georg Jenatsch. Eine Geschichte aus der Zeit des Dreißigjährigen Krieges« (Buchausgabe in 2 Bänden 1876), an dem er zehn Jahre gearbeitet hatte.

        Bekanntschaft mit der Tochter eines Oberst Luise Ziegler.

1875   *5. Oktober:* Heirat mit Luise Ziegler.

        Hochzeitsreise über die französische Riviera nach Korsika, wo sie den Winter verbringen.

1876   Das Ehepaar Meyer zieht nach Wangensbach bei Küsnacht, während Betsy zu einer Freundin in die Toscana übersiedelt.

1877   Meyer zieht mit seiner Frau nach Kilchberg, wo er ein Bauernhaus gekauft hat.

        Im »Züricher Taschenbuch auf das Jahr 1878« erscheint mit »Der Schuß von der Kanzel« Meyers einzige humoristische Novelle, die zu einem seiner beliebtesten Werke wurde.

1879	Geburt der Tochter Camilla.

1879 Geburt der Tochter Camilla.
Meyers Novelle »Der Heilige« erscheint in der »Deutschen Rundschau«.

1880 Die Universtität Zürich verleiht Meyer den Ehrendoktortitel.

1881 In der »Deutschen Rundschau« erscheint unter dem Titel »Das Brigittchen von Trogen« Meyers Novelle »Plautus im Nonnenkloster«.

1882 Der Band »Gedichte« erscheint. Er enthält Balladen über historische Persönlichkeiten, Stimmungslyrik und symbolistische Bildlyrik sowie einige Liebesgedichte.
»Gustav Adolfs Page« (Novelle, vordatiert auf 1883).
»Kleine Novellen« (4 Bände, 1882–83).

1883 »Die Leiden eines Knaben« (Novelle).

1884 »Die Hochzeit des Mönchs« (Novelle).

1885 »Die Richterin« (Novelle).
»Novellen« (2 Bände).

1887 »Die Versuchung des Pescara« (Novelle).
Schwere Erkrankung der Halsorgane mit Atemnot. Depressionen.

1888 Kuraufenthalt in Gottschalkenberg.

1889 Langsame Erholung von der Krankheit.

1891 Die letzte Arbeit Meyers, die Novelle »Angela Borgia« erscheint.
Meyer erkrankt zusätzlich an einem Augenleiden. Die Depressionen verstärken sich.

1892 *Juli:* Meyer wird in die Heilanstalt Königsfelden im Aargau gebracht.

1893 *September:* Rückkehr nach Kilchberg, wo ihn Luise bis zu seinem Tod pflegt.

1898 *28. November:* Meyer stirbt an einem Herzschlag.

Karl-Maria Guth (Hg.)

Erzählungen der Frühromantik

HOFENBERG

Karl-Maria Guth (Hg.)

Erzählungen der Hochromantik

HOFENBERG

Karl-Maria Guth (Hg.)

Erzählungen der Spätromantik

HOFENBERG

Erzählungen der Frühromantik

1799 schreibt Novalis seinen Heinrich von Ofterdingen und schafft mit der blauen Blume, nach der der Jüngling sich sehnt, das Symbol einer der wirkungsmächtigsten Epochen unseres Kulturkreises. Ricarda Huch wird dazu viel später bemerken: »Die blaue Blume ist aber das, was jeder sucht, ohne es selbst zu wissen, nenne man es nun Gott, Ewigkeit oder Liebe.«

Tieck Peter Lebrecht **Günderrode** Geschichte eines Braminen **Novalis** Heinrich von Ofterdingen **Schlegel** Lucinde **Jean Paul** Des Luftschiffers Giannozzo Seebuch **Novalis** Die Lehrlinge zu Sais
ISBN 978-3-8430-1878-4, 416 Seiten, 29,80 €

Erzählungen der Hochromantik

Zwischen 1804 und 1815 ist Heidelberg das intellektuelle Zentrum einer Bewegung, die sich von dort aus in der Welt verbreitet. Individuelles Erleben von Idylle und Harmonie, die Innerlichkeit der Seele sind die zentralen Themen der Hochromantik als Gegenbewegung zur von der Antike inspirierten Klassik und der vernunftgetriebenen Aufklärung.

Chamisso Adelberts Fabel **Jean Paul** Des Feldpredigers Schmelzle Reise nach Flätz **Brentano** Aus der Chronika eines fahrenden Schülers **Motte Fouqué** Undine **Arnim** Isabella von Ägypten **Chamisso** Peter Schlemihls wundersame Geschichte **Hoffmann** Der Sandmann **Hoffmann** Der goldne Topf
ISBN 978-3-8430-1879-1, 408 Seiten, 29,80 €

Erzählungen der Spätromantik

Im nach dem Wiener Kongress neugeordneten Europa entsteht seit 1815 große Literatur der Sehnsucht und der Melancholie. Die Schattenseiten der menschlichen Seele, Leidenschaft und die Hinwendung zum Religiösen sind die Themen der Spätromantik.

Brentano Die drei Nüsse **Brentano** Geschichte vom braven Kasperl und dem schönen Annerl **Hoffmann** Das steinerne Herz **Eichendorff** Das Marmorbild **Arnim** Die Majoratsherren **Hoffmann** Das Fräulein von Scuderi **Tieck** Die Gemälde **Hauff** Phantasien im Bremer Ratskeller **Hauff** Jud Süss **Eichendorff** Viel Lärmen um Nichts **Eichendorff** Die Glücksritter
ISBN 978-3-8430-1880-7, 440 Seiten, 29,80 €

Dekadente Erzählungen

Im kulturellen Verfall des Fin de siècle wendet sich die Dekadenz ab von der Natur und dem realen Leben, hin zu raffinierten ästhetischen Empfindungen zwischen ausschweifender Lebenslust und fatalem Überdruss. Gegen Moral und Bürgertum frönt sie mit überfeinen Sinnen einem subtilen Schönheitskult, der die Kunst nichts anderem als ihr selbst verpflichtet sieht.

Rainer Maria Rilke Die Aufzeichnungen des Malte Laurids Brigge **Joris-Karl Huysmans** Gegen den Strich **Hermann Bahr** Die gute Schule **Hugo von Hofmannsthal** Das Märchen der 672. Nacht **Rainer Maria Rilke** Die Weise von Liebe und Tod des Cornets Christoph Rilke

ISBN 978-3-8430-1881-4, 412 Seiten, 29,80 €

Erzählungen aus dem Sturm und Drang

Zwischen 1765 und 1785 geht ein Ruck durch die deutsche Literatur. Sehr junge Autoren lehnen sich auf gegen den belehrenden Charakter der - die damalige Geisteskultur beherrschenden - Aufklärung. Mit Fantasie und Gemütskraft stürmen und drängen sie gegen die Moralvorstellungen des Feudalsystems, setzen Gefühl vor Verstand und fordern die Selbstständigkeit des Originalgenies.

Jakob Michael Reinhold Lenz Zerbin oder Die neuere Philosophie **Johann Karl Wezel** Silvans Bibliothek oder die gelehrten Abenteuer **Karl Philipp Moritz** Andreas Hartknopf. Eine Allegorie **Friedrich Schiller** Der Geisterseher **Johann Wolfgang Goethe** Die Leiden des jungen Werther **Friedrich Maximilian Klinger** Fausts Leben, Taten und Höllenfahrt

ISBN 978-3-8430-1882-1, 476 Seiten, 29,80 €

Erzählungen aus dem Sturm und Drang II

Johann Karl Wezel Kakerlak oder die Geschichte eines Rosenkreuzers **Gottfried August Bürger** Münchhausen **Friedrich Schiller** Der Verbrecher aus verlorener Ehre **Karl Philipp Moritz** Andreas Hartknopfs Predigerjahre **Jakob Michael Reinhold Lenz** Der Waldbruder **Friedrich Maximilian Klinger** Geschichte eines Teutschen der neusten Zeit

ISBN 978-3-8430-1883-8, 436 Seiten, 29,80 €